致敬屈原、陶渊明、李白、杜甫、苏轼

中体诗论与诗集

与无尤 ◎ 著

吉林出版集团股份有限公司

图书在版编目（CIP）数据

中体诗论与诗集 / 与无尤著 . — 长春：吉林出版集团股份
有限公司 , 2022.4

ISBN 978-7-5731-1378-8

Ⅰ . ①中… Ⅱ . ①与… Ⅲ . ①诗歌研究—中国—当代
②诗集—中国—当代 Ⅳ . ① I207.22 ② I227

中国版本图书馆CIP数据核字(2022)第055698号

中体诗论与诗集

著　　　　者	与无尤
责 任 编 辑	白聪响
出 版 统 筹	齐　琳
封 面 设 计	晴海国际文化
开　　　　本	880mm×1230mm　1/32
字　　　　数	151千
印　　　　张	12.25
版　　　　次	2022年4月第1版
印　　　　次	2022年4月第1次印刷

出 版 发 行	吉林出版集团股份有限公司
电　　　　话	总编办：010-63109269
	发行部：010-59603188
印　　　　刷	天津中印联印务有限公司

ISBN 978-7-5731-1378-8　　　　　　　定价：69.00 元

目录

上部·中体诗论

第一章　背景

传统诗歌（以下简称古诗）是中华文化的精华，历经《诗经》、楚辞、汉乐府诗、唐诗、宋词、元曲等几大关键性发展阶段，至今已传承近三千年，一直繁荣昌盛。但元之后，古诗再也没有大的突破和创新，反而从明朝开始日渐式微。普通话普及以后，虽然仍有不少人致力于古诗的创作，也偶有佳作出现，但已无法扶大厦之将倾、挽狂澜于既倒，古诗实际上已经濒于衰微了。

也许有些人并不认为古诗在今天已经衰微，他们的理由可能是"当下尚有很多人在写古诗"，然而，我们应该明晰，判断古诗是否衰微的根本依据在于"主流文人群体是否热衷于古诗创作"以及"社会是否对古诗创作给予慷慨的激励"，唐诗、宋词、元曲之所以繁盛一时，是因为当时的主流文人群体体现出了旺盛的创作热情，以及当时社会对优秀诗作和诗人的无私颂扬和慷慨激励。今天，我们稍做调研便可发现，当下的主流文人群体显然对古诗创作已经毫无热情，社会对古诗创作也是漠不关心，古诗已经被边缘化为少数民间爱好者的无奈坚持。

造成古诗衰微的原因是多方面的，但在复杂多样的原因中必定有一些是更为致命的，其中最致命的一个原因便是"语言文化环境的变化"。

古诗是生发于古语言文化的土壤中的，因此，对于古人而言，在古诗的创作技术上和语言上都比较容易把握，甚至古诗语言和民间语言有着高度重合的现象，如《诗经》中的"国风"部分实际上就是当时的民歌和日常生活语言，再如后来的汉乐府诗也多来源于民间，这些都可以称为"民诗"，即使是唐诗、宋词、元曲（所谓的文人诗）等更加高级、更加复杂的诗歌形式，也不过是对民诗的专业化提升和规范。基于这样的历史背景，我们看到历史上一些无名氏的佳作也就不足为奇了，因为当时的普通百姓，哪怕他们不识字，也可能创作出几首像模像样的诗歌。

而今天的普通话是完全不同于古文的语言文化形式，是对古文的彻底革命，这就等于普通话对古诗来了个釜底抽薪，把古诗赖以生存的土壤抽干净了，古诗在普通话时代自然就无法生存下去了。这便是为什么在今天有大量关于古诗教学的图书流布于市的情况下，人们依然难以写出上乘古诗的原因所在。我们所知道的最后一批善于写古诗的人是以梁启超、鲁迅、柳亚子等为代表的民国时期的一批文人，他们之所以还能写好古诗，是因为他们从小的生活环境依然是古语言文化的环境。

另外一个导致古诗衰微的致命原因是：格律诗（包括诗和词，元曲实际上是宋词的发展，可归于词的范畴）已经将古诗发展到了无以复加的程度，使得古诗无法再往前走了，也就是《道德经》中所说的"物壮则老，是谓不道，不道早已"。格律诗是古诗发展最为成熟的形式，但正因为其太过于成熟，反而把古诗引入了死胡同。北宋王安石废诗赋而取经义，历经宋元明三朝，使得诗赋和散文逐渐被僵死的八股文所取代，同时自孔子时代起便已形成的"因材施教"的开放式教育模式逐渐被僵死的八股文教育模式所取代，自然的，人们的创作兴趣和热情也逐渐被导引到了八股文上，从而极大地限制和阻碍了古诗的发展，进一步加快了古诗的衰落，导致明清两朝诗坛凋零，诗歌大师寥若晨星。

古诗所面临的尴尬局面使我不得不深入地、持续地思考古诗在普通话语境下的生存和创新发展问题，因为我认为：当古诗发展遇到问题，或者说遇到瓶颈时，我们不应该选择放弃它，而应该勇敢地面对问题，寻求解决之道，使古诗得以传承和发展下去，因为我们的先祖们正是这样做的。唐人把诗发展到了极致，宋人便在词这个新的诗歌形式上下苦功，宋人把词发展到了顶峰，元人便在曲上寻出路，这就是"穷极思变"，这就是"否定之否定"，这就是"反"，这就是"创新发展"。假如因为创新的困难太大而放弃古诗，进而选择西方的所谓现代诗来取而代之，那就不仅仅是懦弱逃避的问题了，更是对中华文化的背叛，是对中华民族的背叛，是对祖先的不孝了。

与无尤有诗云：

> 天纵诗经肇始端，屈子放歌大江边。
> 魏武挥鞭观沧海，陶公采菊梦桃源。
> 李白把酒邀明月，杜甫摘花舞翩翩。
> 东坡赤壁思千古，主席纵马点江山。
> 千年一路传诗脉，谁人敢做不孝男？

第二章　诗歌的边界

关于诗歌的基本常识已经有很多人写了很多非常优秀的著作，已经解说得非常清楚了，比如王力先生著的《诗词格律》。别人已经说清楚的地方我就不再重复了，我只说我认为别人说得还不够清楚或者有必要再强调一遍的几个点。

首先说一下诗歌的定义。事实上，今天有太多的人不清楚到底什么才算是真正的"诗歌"，也就是说，人们对于诗歌的概念是模糊的。因此，在阐述中体诗思想前，有必要先澄清一下诗歌的概念。

诗歌是一种具有高度凝练的语言、错落有致的节奏、循环往复的韵律的和谐优美的文学体裁和艺术形式。

以上是我给诗歌下的定义。在我的定义里，要想称为诗歌，必须具备以下四个基本要素：

1. 语言高度凝练。
2. 节奏感。
3. 押韵。
4. 美。

这四个要素中，从形式上来说，前三个要素是因，第四个要素是果；从思想情感上来说，第四个要素自为因果。四个要素是一个有机的整体，少了任何一个都不能称之为诗歌。

把四个要素综合起来就是诗歌的边界。考量一个文学作品是不是诗歌，就看它在不在这个边界里面，在边界里的就是诗歌，在边界外的就不是诗歌。

四个要素也是考量诗歌优劣的标准，每个要素的强度越高说明诗歌越优秀，强度越低说明诗歌越低劣。

诗歌的语言必须高度凝练。

语言的高度凝练是诗歌区别于其他文学体裁的第一个特征，也就是说，诗歌必须以最大限度少的字数表达最大限度多的思想情感。通常，按照字数的不同，可以将中华诗歌分为四言诗、五言诗、七言诗、杂言诗和词、曲等，六言诗是极少见的。

诗歌必须有明显的节奏感。

节奏感即动感，是诗歌的能量积蓄和流动的表现形式。只有能量足够了，能量的流动通畅了，作者想要表达的思想情感才能喷薄而出。一旦节奏感被削弱，诗歌内含的思想情感则必然会随之被削弱甚至凝滞。

诗歌的节奏感来源于三个方面：平仄的变化、押韵、句式长短的变化。

诗歌必须押韵。

韵是诗歌能量积蓄和流动的重要载体，只有押韵了，诗歌能量的流动才会通畅，否则能量的流动就会被缓滞。从直观上来说，押韵的诗歌朗诵起来特别流畅，给人一气呵成的爽感，而不押韵的文体读起来则感觉坑坑洼洼，给人较为滞涩的感觉。

诗歌必须美。

这里的美包含"形式美"和"内在美"两方面。诗歌的形式美由语言文字、节奏、韵三个要素促成，而诗歌的内在美则由作者的思想情感所决定。从美的角度来讲，必须具备足够的真、善、美的修养才能成为诗人。只有真善美修养足够了，才能拥有正确的价值观、人生观和世界观，才能具备足够的审美水准，进而才能保证诗歌的形式美和内在美。

例一：

关雎

先秦·佚名

关关雎鸠，在河之洲。窈窕淑女，君子好逑。

参差荇菜，左右流之。窈窕淑女，寤寐求之。

求之不得，寤寐思服。悠哉悠哉，辗转反侧。

参差荇菜，左右采之。窈窕淑女，琴瑟友之。

参差荇菜，左右芼之。窈窕淑女，钟鼓乐之。

例二：

将进酒

唐·李白

君不见黄河之水天上来，奔流到海不复回。

君不见高堂明镜悲白发，朝如青丝暮成雪。

人生得意须尽欢，莫使金樽空对月。

天生我材必有用，千金散尽还复来。

烹羊宰牛且为乐，会须一饮三百杯。

岑夫子，丹丘生，将进酒，杯莫停。

与君歌一曲，请君为我倾耳听。

钟鼓馔玉不足贵，但愿长醉不复醒。

古来圣贤皆寂寞，惟有饮者留其名。

陈王昔时宴平乐，斗酒十千恣欢谑。

主人何为言少钱，径须沽取对君酌。

五花马，千金裘，呼儿将出换美酒，与尔同销万古愁。

例三：

锦瑟

唐·李商隐

锦瑟无端五十弦，一弦一柱思华年。

庄生晓梦迷蝴蝶，望帝春心托杜鹃。

沧海月明珠有泪，蓝田日暖玉生烟。

此情可待成追忆，只是当时已惘然。

例四：

水调歌头

宋：苏轼

丙辰中秋，欢饮达旦，大醉，作此篇，兼怀子由。

明月几时有，把酒问青天。不知天上宫阙，今夕是何年。我欲乘风归去，又恐琼楼玉宇，高处不胜寒。起舞弄清影，何似在人间。

转朱阁，低绮户，照无眠。不应有恨，何事长向别时圆？人有悲欢离合，月有阴晴圆缺，此事古难全。但愿人长久，千里共婵娟。

第三章　中体诗

因格律要求不同，中华古诗分为古体诗和近体诗两大类。

近体诗也就是格律诗，是以南朝诗人沈约发现四声的作用为起始的标志，历经隋唐数代诗人的发展而形成的字数、平仄、押韵和对仗都有严格要求的诗歌形式。近体诗是中华古诗发展的最高形式，是古诗的精华，也是隋唐以后古诗的主流。近体诗又被称为格律诗，简称律诗。凡是不符合近体诗格律要求的古诗都是古体诗。本书中所说的"古诗"是古体诗和近体诗的统称。

关于近体诗详细的格律规范，在王力先生所著的《诗词格律》一书中讲解得非常清晰，我就不再赘述了。

我在第一章论述过，由于格律诗已经是古诗发展的最高峰，其对格律的要求之严格已经到了无以复加的地步，使得古诗无法再往前发展，但我们又不能不把如此优秀的中华文化继续传承和发展下去，怎么办呢？我的解决方案是：穷极思变。

要想实现"变"，就必须找到古诗与普通话语境之间可以连接的关键点，这样才能把古诗这棵大树移植进普通话这块新的土壤里，并使其重新焕发生机，进而枝繁叶茂。

普通话相比于古文而言，其最大的特点是"自由"，也就是俗话说的"放得开"，与之相对应，也要让古诗"放得开"，让古诗"自由起来"，"放得开"就是我所说的"中体诗"的要诀，也是中体诗与古体诗、近体诗的最大区别。

"中体诗"这一术语是相对于古体诗和近体诗而来的，也就是说，中体诗和古体诗、近体诗在地位上是平等的，从此以后中华诗歌就有了三个大的类别：古体诗、近体诗和中体诗。

需要说明的是：我们倡导中体诗完全是为了让中华诗歌适应普通话这一新的语言文化环境，让中华古诗在普通话环境下能够继续生存、发展和繁盛，是为了继承和发展古诗，而不是抛弃古诗，也就是说，未来将是古诗和中体诗并存的局面，甚至古诗也可能会逐渐被纳入更加广义的中体诗的范畴，进而使"中体诗"成为整个中华诗歌的代称，以区别于西方诗歌，因而，我们必须对那些致力于古诗创作的人给予肯定和鼓励。

正如袁枚在《随园诗话》中所说："平居有古人，而学力方深；落笔无古人，而精神始出，"今人学诗，必先学古，因为几千年的诗歌积淀博大精深，营养丰富，然而，我们还要做到"学古而不泥古"，要让诗歌文化根植于今天的语言土壤中。

让我先给中体诗下一个明确的定义。

中体诗是在保持诗歌之四要素不变的前提下，以普通话为语言基础，打破格律诗对诗歌的格律束缚，在句式、平仄、押韵和对仗等方面更加自由、更加开放的诗歌形式。中体诗包括中体诗和中体词。

中体诗只押普通话韵（简称"普通韵"），彻底舍弃平水韵及其他古韵。中体诗只尊普通话之音调规范，即只使用一声（阴平）、二声（阳平）、三声（上声）、四声（去声），合弃入声。

总之，相比于古体诗和近体诗而言，中体诗完全基于普通话语境而生，且形式更加活泼自由，更具开放性和包容性。

第一节　中体诗之诗

中体诗的字数规范：

1. 每句的字数仍然以四字、五字和七字为主，即仍然以四言诗、五言诗和七言诗为主。

2. 提倡杂言诗。

中体诗的句数规范：

1. 以四句诗和八句诗为主。

2. 提倡长诗（超过八句）。

中体诗的押韵规范：

1. 押普通韵。

2. 第二、四、六、八等偶数句必须押韵，第一、三、五、七等奇数句可押可不押。

3. 可押平声韵，也可押仄声韵，但在同一首诗里只能押平声韵或只能押仄声韵（长诗除外），且不可换韵。

4. 长诗可换韵可不换韵，如果换韵，则尽量以四句为单位换韵。

5. 韵只能放在句尾，称为"韵脚"。

6. 当思想情感的表达与上述押韵规范产生冲突时，优先照顾思想情感，也就是"立意优先，词不害意"。

中体诗的平仄规范：

1. 采用普通话的声调规范，彻底舍弃"入声"，也就是中体诗的四声为：一声（阴平），二声（阳平），三声（上声），四声（去声）。

2. 一声和二声为平声，三声和四声为仄声。

3. 诗人可以自由安排平仄变化，让平仄自由起来。

4. 放开格律诗的粘对要求，可粘可不粘。

5. 放开格律诗关于颔联和颈联必须对仗的要求，可对可不对。

例一：

夜归人

与无尤

明月上翠微，山下有人归。

荷把锄在肩，蹁蹁影相随。

例二：

觉醒

与无尤

华夏势如川，由来十万八千年。

圣贤出霄汉，仁人志士如涌泉。

汉唐雄风今何在？一任群雄过江东。

珠江口外硝烟浓，甲午海边炮声隆。

风起云涌江湖动，四万万人醒如梦。

西风呼啸冷，苍天不开灯。

一腔无限警世钟，献与同胞倾耳听。

戊戌君子维新苦，五四运动起精神。

中山劈开生死路，辛亥斩断是非根。

马恩列斯声声鸣，宛如明日照苍穹。

东边打土豪，西边分田地。

工人乘东风，农民激情涌。

二十八年征战身，主席登上天安门。

全国人民舞长龙，纪念碑前歌声雄。

幸哉，我中华儿女齐觉醒。

壮哉，我泱泱华夏再出征。

第二节　中体诗之词

古词是一种特殊的诗歌形式，因其句子长短不一，故被称为"长短句"。最早的词是"曲词"，是要配乐的，经过唐宋文人的发展，词才渐渐和音乐分离开来，成为一种独立的诗歌体裁。今天所说的古词主要指的是在格律诗的影响下成熟起来的格律词，属于格律诗的一个子类。

古词由词牌名、词谱和词三大部分组成。"词牌名"即词谱名。"词谱"是词的格律规范，每一个词牌都有特定的词谱，词牌名和词谱是一一对应的关系，所以作词也被称为"填词"，即按照词谱填入文字。"词"即词的文字内容。

古词的标题有两种形式：一种是"词牌名＋词名"的形式，如苏轼的《念奴娇·赤壁怀古》，其中的"念奴娇"是词牌名，"赤壁怀古"是词名；另一种形式是只有词牌名，如秦观的《鹊桥仙》。

古词本来是很自由的，后来受到格律诗的影响，逐渐变得和格律诗一样规矩繁多，进而走向了僵化死板。

　　顺应古诗和古词之间的关系界定，中体诗和中体词的关系也是包含和被包含的关系，也就是说，中体诗包含"中体诗"和"中体词"两部分。

中体词的词牌使用规范

　　1. 借用古词牌：借用常用古词牌创作中体词时，必须在词牌名前加"副牌"二字，以与古词相区别，比如借用古词牌"念奴娇"来创作中体词，则词牌名变为"副牌念奴娇"，这样做的目的有两个：一是清清楚楚地区分中体词和古词；二是告诉人们，我们倡导中体词，但并不抛弃古词，如有愿意致力于古词创作的，我们依然欢迎和鼓励。受此规范约束的仅为常用的47个古词牌，不常用的古词牌则不受此规范约束。也就是说，在创作中体词时，借用不常用的古词牌时，可直接用古词牌的词谱，而不需要在标题中体现词牌名，直接用自定义的词名即可，就算用了其词牌名，前面也不须加"副牌"二字，这是因为古词牌多达两千多个，且变体很多，颇为杂乱，而实际上常用的不过四五十个，一一对照既无必要也无可能。

　　47个常用古词牌为：卜算子，采桑子，长相思，

定风波，点绛唇，蝶恋花，捣练子，桂枝香，贺新郎，
浣溪沙，摊破浣溪沙，江城子，临江仙，浪淘沙，木兰花，
减字木兰花，满江红，满庭芳，南歌子，念奴娇，南乡子，
菩萨蛮，破阵子，清平乐，千秋岁，鹊桥仙，青玉案，
沁园春，阮郎归，如梦令，水调歌头，水龙吟，苏幕遮，
诉衷情，生查子，踏莎行，调笑令，相见欢，西江月，
渔歌子，渔家傲，忆江南，虞美人，忆王孙，永遇乐，
忆秦娥，鹧鸪天。

例一：

念奴娇·赤壁怀古

宋·苏轼

大江东去，浪淘尽，千古风流人物。故垒西边，
人道是，三国周郎赤壁。乱石穿空，惊涛拍岸，卷起
千堆雪。江山如画，一时多少豪杰。

遥想公瑾当年，小乔初嫁了，雄姿英发。羽扇纶
巾，谈笑间，樯橹灰飞烟灭。故国神游，多情应笑我，
早生华发。人生如梦，一尊还酹江月。

副牌念奴娇·不忘初心
与无尤

英姿白发，征程远，十年不曾相见。烟雨苍茫，战犹酣，为得一世心安。人心不古，世事难堪，难免心胆寒。历尽千帆，走得格外艰难。

大道分开两边，我自走中间，左右逢源。不甘平凡，谱新篇，拼得一身肝胆。望眼欲穿，何惧万千险，重任在肩。不忘初心，继续保持风范。

苏轼的《念奴娇·赤壁怀古》尊的是近体诗，所以词牌名直接写《念奴娇》即可，而我的《副牌念奴娇·不忘初心》遵的是中体诗，则词牌名必须写为《副牌念奴娇》。

需要注意的是：如果借用了古词的词牌名，就必须遵守这一词牌的**调数、字数和句数**规范，也就是必须遵守这一词牌下的词体结构。如"念奴娇"正体的结构是"双调、100个字、前后段各10句"，我们在创作"副牌念奴娇"时则必须遵守这一结构规范。关于如何处理押韵和平仄的问题，我将在后面说明。

2. 新创词作，标题中取消词牌名，只保留词名：

所谓新创词作，指的是在词体结构上完全不同于前述47个常见古词的全新词作。新创词作的标题中只有"词名"，而不再保留词牌名，也就是说，中体词的命名方式和诗保持一致。可把新创词作称为"长短诗"。新创词作之所以不再设词牌名，是因为在今天，让一个新创词牌变成一个举世公认的具有固定词谱的词牌是不现实的，也是无意义的。

新创词作的标题中不加"副牌"前缀。

例二：

孤独公子

与无尤

冷凤残月，深幕环垂，枯坐凄楼。孤俦寡匹泛龙愁。浮生若寄忽一世，汗血盐车志未酬。羞！羞！羞！

华不再扬，低回不已，岁月幽幽。任它匆匆向东流。被褐怀玉如止水，沂水弦歌淡淡游。收！收！收！

因我的《孤独公子》是新创词作，所以不设词牌名，直接命名为"孤独公子"。

　　需要注意的是：作者所创作的中体词无法在 47 个常用古词牌中找到可套用的词体结构，也就是没有办法使用一个"副牌×××"的词牌名时，便可按照新创词作的规范来创作。但是，如果作者所创作的中体词有常用古词牌可套用，则必须借用古词牌名，而使用"副牌×××"的词牌名模式。

中体词平仄规范

　　1. 借用古词牌：在遵守古词牌词体结构的前提下，作者可自由安排平仄变化。

　　2. 新创词作：新创词作的词体结构、押韵、平仄由作者自行安排。

例三：

卜算子·咏梅

宋·陆游

　　驿外断桥边，寂寞开无主。已是黄昏独自愁，更著风和雨。

无意苦争春，一任群芳妒。零落成泥碾作尘，只有香如故。

副牌卜算子·咏梅

与无尤

万事一场空，化作苦行僧。百丈悬崖独修行，心中一盏灯。

灯熄自澄明，灯灭越千层。一花一木一乾坤，无我有苍生。

中体词的押韵和对仗规范

1. 中体词必须押韵。

2. 中体词的押韵比中体诗更加自由。

3. 借用古词牌时，古词牌中的关键韵脚位置必须押韵，其他韵脚位置可灵活处理。

4. 新创词作的关键韵脚位置必须押韵，其他韵脚位置可灵活处理。

5. 中体词不要求对仗。

例四：

渔家傲·秋思
宋·范仲淹

塞下秋来风景异，衡阳雁去无留**意**。四面边声连角**起**。千嶂里，长烟落日孤城**闭**。

浊酒一杯家万里，燕然未勒归无**计**。羌管悠悠霜满**地**。人不寐，将军白发征夫**泪**。

副牌渔家傲·秋
与无尤

秋雨潇潇秋叶黄，千家万户丰收**忙**。打谷场上菽稻**香**。将进酒，龙吟凤哕哄礼**堂**。

阳到极处是阴苍，路到极处须返**航**。秋去冬来雪茫**茫**。莫慌张，风物长宜放眼**量**。

词中粗体字为关键韵脚位置，是必须押韵的。

总之，中体词在结构、押韵和平仄上是很自由、很开放的。当然，中体词必须符合诗的四个要素，也就是必须在诗的边界内。

第三节　中体诗的高级形式

新律诗

1. 采用普通话的音调，即一声（阳平）、二声（阴平）、三声（上声）、四声（去声），舍弃入声。

2. 押普通韵。

3. 一声和二声为平，三声和四声为仄。

4. 除上述三条外，其他完全遵照格律诗的格律规范。

5. 新律诗分为律绝和律诗两大类，四句为绝，八句及以上为律；其中律绝又分为五绝和七绝两个小类，律诗又分为五律、七律和长律三个小类，长律又分为五言长律和七言长律两个小类。

6. 新律诗简称为"新律"，如新七律、新五律、新长律，亦可直接称为"律诗"，如七律、五律、长律。

新律词

1. 采用普通话的音调，即一声（阳平）、二声（阴平）、三声（上声）、四声（去声），舍弃入声。

2. 押普通韵。

3. 一声和二声为平，三声和四声为仄。

4. 只用古词牌，不可新创词牌。

5. 除上诉四条外，其他完全遵照古词牌的格律规范。

6. 标题中可直接使用古词牌名，不须加"副牌"前缀。

第四章　中体诗创作

今天，"诗必大唐，词必两宋"的新复古主义思潮悄然而兴，一些人挥舞着格律的大棒大肆攻击创新者，影响恶劣。同时，台阁体死灰复燃，苍白空洞、哼哼唧唧之作充斥于诗坛。至于某些偷窃古人之作而据为己有者，和诗歌创作实无关系，而是属于道德问题，该当归入鸡鸣狗盗之列。在此，我只就新复古主义和台阁体略作评述。

新复古主义的本质是"以古非今"，用当下的流行语说就是"抱古人的大腿"。实际上，"以古非今、以外非中、以远非近"是一种普遍心理，所以才有"远来的和尚会念经"的说法，本质上是"对当下不自信"和"对当下之人不信任"。因而，本着相互理解和包容的态度，本不必对复古主义视如洪水猛兽，毕竟任何一种创作理念都是值得尊重的，但是，当复古主义变成了打击创新的大棒时，就必须予以遏制了，否则便会贻害无穷。

　　新复古主义者看不到古诗衰微的症结所在，也理解不了"创新"这两个字的真正含义，他们表面上似乎在维护古诗的体面，实际上是在阻碍古诗的发展，这种尴尬的存在也许他们自己并没有意识到。他们顽固地坚持唐诗宋词的格律，而不允许今人有丝毫褒变，然而，他们却并没有，也不能提出像明朝前后七子那样深刻的理论，只是以一种"撒泼打滚"式的不讲理的方式维护旧统，抵制创新，导致其诗作"刻意古范，铸形宿模，而独守尺寸"。如果说他们维护唐宋诗歌之旧统的初衷是为了兴盛古诗的话，那么事实证明，他们的言行所产生的实践结果恰恰其反。

　　如果说新复古主义是在形式上阻碍了古诗的创新发展的话，那么台阁体则在内容上伤害了古诗的创新发展。

　　明朝的台阁体由统治集团发端，而今天的台阁体则起于民间。台阁体的显著特征是"内容苍白空洞，没有生机"。因内容空洞，使得读者很难从诗作中得到情感共鸣，因而有味同嚼蜡之感。明朝台阁体虽然内容空洞，但其创作主体毕竟是文人学士，他们还是有着相当的文学和思想修养的，其诗作仍然能表现出文辞上的华彩或儒道的风范。然而可悲的是，今天的台阁体却彻底沦为了哼哼唧唧之作，既无文采，也无思想，简直苍白到了无以复加的地步。

新复古主义也好，台阁体也罢，其乱象背后的深层原因就两个字：迷惘。迷惘，也就是没有方向，看不到前途。造成迷惘的原因则是诗歌理论创新的缺失。也就是说，新复古主义和台阁体的乱象直接体现了诗歌理论创新的必要性和急迫性。

第一节　三量 × 二感

诗歌作为文学艺术大厦顶端的明珠，其创作是很专业的活动，绝非随意可为。我把成就优秀诗人的秘诀总结为"三量 × 二感"。"三量"指的是"词汇量、阅读量、思考量"，"二感"则是"情感和诗感"。三量和二感之间是相乘的关系，而非相加的关系，也就是说，只有三量和二感之间产生了化学反应，才能成就一位优秀的诗人。同时，"三量 × 二感"也说明，偶尔出现一两首佳作并不能算是优秀的诗人，只有具有持续的、稳定的、高质量的创作能力的才能算得上是优秀的诗人。"三量 × 二感"还验证了"汝果欲学诗，功夫在诗外"的正确性。

一、词汇量

学习过英语的人都知道，学习英语的一个基本功便是"背单词"，也就是说，要想说一口流利的英语，必须有足够的词汇量。事实上，学习汉语也是一样的道理，"背单词"也是学习汉语的基本功。可惜的是，也许因为汉语是我们的母语，自以为太过熟悉的缘故，人们并没有把背单词放在学习汉语的战略位置看待，我本人从未见过一个中国人拿着一本厚厚的《新华词典》或者《成语词典》一个词一个词地背诵的，这就导致了人们词汇的匮乏，这可能就是灯下黑的道理吧。至于小说、散文等其他文学体裁暂且不说，单说诗歌，不管是古诗还是现代诗创作，今天的人都表现出了前所未有的词汇匮乏，来来回回就那么几个词，而且多数是从古人或外国人的作品中扒来的。

我们读李白、杜甫、白居易、苏轼等大家的作品，很明显的一个体会是他们的词汇极其丰富，从而能把想要表达的思想情感精准地表达出来，这是他们的作品之所以优秀的基本前提之一。比如白居易的《暮江吟》，"一道残阳铺水中，半江瑟瑟半江红。可怜九月初三夜，露似真珠月似弓"，"残阳""铺""瑟瑟""真珠""弓"等词语，将从黄昏到夜晚的江景如工笔画般呈现在了读者眼前，其中一个"铺"字用得极其巧妙，这首诗之所以有如此强烈的诗画美感，正是缘于作者对词汇的娴熟运用。再如李白的《梦游天姥吟留别》，"海客谈瀛洲，烟涛微茫信难求。越人语天姥，云霞明灭或可睹。天姥连天向天横，势拔五岳掩赤城。天台一万八千丈，对此欲倒东南倾。我欲因之梦吴越，一夜飞度镜湖月。湖月照我影，送我至剡溪。谢公宿处今尚在，渌水荡漾清猿啼。脚著谢公屐，身登青云梯。半壁见海日，空中闻天鸡。千岩万转路不定，迷花倚石忽已暝。熊咆龙吟殷岩泉，栗深林兮惊层巅。云青青兮欲雨，水澹澹兮生烟。列缺霹雳，丘峦崩摧。洞天石扉，訇然中开。青冥浩荡不见底，日月照耀金银台。霓为衣兮风为马，云之君兮纷纷而来下。虎鼓瑟兮鸾回车，仙之人兮列如麻。忽魂悸以魄动，恍惊起而长嗟。惟觉时之枕席，失向来之烟霞。世间行乐亦如此，古来万事东流水。别君去兮何时还，且放白鹿青崖间，须行即骑访名山。安能摧眉折腰事权贵，使我不得开心颜"，相信如果不看注解的话，很多人读起来会感到吃力，其中一个重要的原因是对一些字词不熟悉。

词汇量的积累，其结果不仅仅是多认识几个字词，更重要的是，当实现了一次又一次量变到质变的飞跃后，作者对语言文字的把握和运用便会越来越得心应手，最终达到"词人合一"的美妙境界。

当然，加大词汇量最简单有效的办法是背诵字典、词典、成语词典。

二、阅读量

阅读是人们与大师沟通的第一渠道，是人们开阔视野、增长知识的第一途径。我们发现，古今中外，凡文学大家必是博古通今、学富五车之人，正因此，他们才能创作出文辞卓越、包含广泛、情感丰富、思想深刻的作品。

一般来说，优秀的文学作品都有着十分丰富的内涵，而丰富的内涵主要由较为庞大的故事体量和思想情感体量所承载，积累故事、培养情感非常重要的途径便是阅读。如李商隐的《锦瑟》，"锦瑟无端五十弦，一弦一柱思华年。庄生晓梦迷蝴蝶，望帝春心托杜鹃。沧海月明珠有泪，蓝田日暖玉生烟。此情可待成追忆，只是当时已惘然"，用典丰富，旁征博引，比喻绮丽，却毫无斧凿之感，把诗人因爱情和生命的流逝而引发的伤感以及对唐朝国势衰微、政局动荡的深深忧虑表达得淋漓尽致，其中，"庄周梦蝶、望帝托鹃、沧海遗珠、蓝田生玉"四个典故的运用起了决定性作用，而这一切，全部缘于作者丰富的知识和深厚的文字功底。

当然，因为人生有限，且书籍浩瀚如海，任何人都没有权利无谓地浪费生命，因而，必须有选择有质量地阅读。从成就优秀诗人的角度来说，必不可少的阅读有四大类：历史类、文学类、社科伦理类和哲学类。如果时间和精力充裕的话，可以增加地理类、科普类等其他门类的阅读，就更完美了。

三、思考量

很多诗歌之所以苍白如纸，主要是因为作者缺乏思想深度，始终停留在事物的表层，这主要是由于缺乏思考量的积累。如果说词汇量和阅读量是诗人之入门能力的话，那么思考量就是决定诗人优劣的核心能力。

　　这里所说的思考指的是对人生之基本问题、社会之基本问题、人类之基本问题，以及自然和宇宙之基本问题的思考，而非旁枝末节的无意义的思考。比如，一个人整天琢磨怎样才能不劳而获，那这种思考就是无意义的。对人生、社会、人类、自然和宇宙之基本问题的思考归结为一句话，就是"具有悲天悯人的大情怀"，总结为一个词，就是"慈悲心"。

　　由于人的资质不同，条件不同，因而，我们不能苛求每一个人都能洞识天机、大彻大悟，但是，要想成为优秀的诗人，则必须在这些基本问题上孜孜以求地思考，只要思考，早晚必有收获。

　　思考量决定思想的深度，思想的深度决定诗歌的优劣。屈原、陶渊明、李白、杜甫、苏轼之所以被奉为中华文坛的五大高峰，正是因为他们对人生、社会等基本问题思考得比较多，从而具有较高的审美情趣。除了屈、陶、李、杜、苏五大家外，还有一些优秀的诗人对人生和社会的思考也比较深入，从而也创作出了很多优秀的作品。比如，同样以黄鹤楼为主题作诗，唐朝吕岩的《题黄鹤楼石照》就显得较为肤浅，而崔颢的《黄鹤楼》则寓意深层，即使读者不做深入剖析，也能直观地感受到这两首诗的思想境界的不同，因而，崔颢的《黄鹤楼》被奉为经典，而吕岩的《题黄鹤楼石照》则被湮没于历史的尘埃之中。

附：

题黄鹤楼石照

唐·吕岩

黄鹤楼前吹笛时，白蘋红蓼满江湄。

衷情欲诉谁能会，惟有清风明月知。

黄鹤楼

唐·崔颢

昔人已乘黄鹤去，此地空余黄鹤楼。

黄鹤一去不复返，白云千载空悠悠。

晴川历历汉阳树，芳草萋萋鹦鹉洲。

日暮乡关何处是？烟波江上使人愁。

　　思考量不仅决定思想的深度，也决定思想的高度。只有思想达到了一定的高度，才能具备足够的人格光辉和审美水准，才能创作出足够美的诗歌作品。我们还拿以黄鹤楼为主题的诗歌举例，如果说崔颢的《黄鹤楼》展现了对生命和历史的思考，那么李白的《送孟浩然之广陵》则是对友情和境象的高度凝练。李白的《送孟浩然之广陵》只有二十八个字，却把送别孟浩然一事的境象和情感精准地、形象生动地、淋漓尽致地表达了出来，非有极高的审美情趣而不能为。

附：

送孟浩然之广陵

唐·李白

故人西辞黄鹤楼，烟花三月下扬州。

孤帆远影碧空尽，惟见长江天际流。

　　积累词汇和广泛阅读是学习的过程，思考则是实践的过程，是将学习所得与现实社会和人生融通的过程，当思考的量逐渐增加时，诗人的人格境界会越来越高，则眼中的境象和事物也会发生奇妙的变化，而这种变化会直接体现在作品中，这就是"见山是山→见山不是山→见山仍是山"的进化原理。

然而，我不得不强调的是，相比于西方诗歌，中华传统诗歌优美有余而深刻不足，这是需要我们警醒和思考解决的。比如杜甫的诗，像"无边落木萧萧下，不尽长江滚滚来""感时花溅泪，恨别鸟惊心""朱门酒肉臭，路有冻死骨""安得广厦千万间，大庇天下寒士俱欢颜""随风潜入夜，润物细无声"等诗句，虽然包含了一定的悲天悯人的大情怀在里面，但基本上停留在思想的浅层，而没有深入下去。杜甫的一生都在感叹和同情老百姓的艰难、批判统治阶层的冷漠无情、感慨自己命运不济和壮志未酬，但他却从来没有深入思考和分析过产生这些现象之背后的深层原因，更没有提出过具有建设性的解决方案。其他如屈原、陶渊明、李白、白居易、苏轼、辛弃疾等也是如此。就连素有"诗佛"之称的王维，其作品也没有特别深刻的，也就是说，王维热衷于佛事，却浅止于佛理，对佛家的哲学思想并没有深入思考和研究。西方的大诗人多数兼具思想家或哲学家的特质，而我们的大诗人则具有更高的文学家的纯粹，这是中西诗歌领域非常明显的不同。

造成这种不同的，固然和我们的思辨哲学不够发达有关，但也和比较流行的不求甚解、浅尝辄止的思维习惯有关。

在移动互联网高度发达的时代背景下，知识被极大程度地肢解碎化，碎片化和表层化的学习正逐渐成为社会的主流，这就更加剧了"不求甚解、浅尝辄止"之思维方式的流行，进而更加不利于诗歌的创作。因而，凡有志于振兴和传承中华诗歌文化的人，都应该时刻保持警醒，强迫自己对人生等基本问题持续思考，并不断加大思考量，只有这样，才有可能成长为真正优秀的诗人，才能够将中华诗歌文化传播广泛，承继久远。"加大思考量，提高诗歌的思想广度和深度"将成为新一代诗人首要的发力点之一。

四、情感

在诗人的笔下，没有纯粹的景物，也没有纯粹的人和事，一切都是诗人抒发情感的载体和手段，故而，也可以说，诗歌是一种以抒情为目的文学艺术体裁。然而，诗人的情感不会凭空而来，而是生发于丰厚的人生体验和思考的基础之上，这里所说的人生体验既包含直接体验也包含间接体验，思考则指的是前面讲到的对人生、社会等基本问题的思考。人生的直接体验主要来源于阅历，间接体验主要来源于阅读。

不管诗人的情感如何养成，也不管诗人的情感多么丰富多彩，都必须生发于"真善美"这一根源性情感上，也就是说，诗人的情感归根结底只有一种，那就是"真、善、美"，一切的情感都是真善美情感的外化。当诗人的情感与具体的事物相碰撞后，便会幻化出多姿多彩的诗歌作品。这里所说的"真善美"，指的是对人生、社会、人类以及自然和宇宙的基本关怀。

比如，被后人尊为"诗圣"的杜甫，其作品的主旋律是"悲悯苍生"，"悲悯苍生"这一真情实感正是"真善美"情感的外化。杜甫把"悲悯苍生"的情感与现实生活中的具体事物相冲和，一路写来，便有了今天我们看到的各不相同的一千四百多首杜诗。

评价一首诗歌之优劣，就看它所蕴含的情感是否丰沛，越是优秀的诗歌其所蕴含的情感越是丰沛，这就是为什么我们读到优秀的诗歌时会有情感共振的逻辑原理，也是苍白肤浅的三伪（伪真、伪善、伪美）诗歌无法打动人心的根源所在。

情感的丰沛程度既和真、善、美情感的宽度有关，也和其深度有关。越是具有思想深度的诗人，越能迸发出震撼人心的情感，越能创作出穿透人心的传世之作。还拿杜甫来说（因为杜甫是我们的传统诗人中最具有大情怀、大情感者之一），遗憾的是，杜甫的情感终究是停留在浅层的，并没有深入下去，从而没能探究到真、善、美的根源，如果他能再多一点思想家的特质，就更加完美了。

五、诗感

优秀的诗人都具有一种特殊的能力，即不管是简单的景物还是深奥的哲理，他们都能将其化为惊艳万方的诗歌，这其中有一种"出神入化、大象无形"的奥妙感，如李白的《将进酒》、杜甫的《春夜喜雨》、白居易的《赋得古原草送别》、王维的《相思》、李商隐的《锦瑟》、苏轼的《水调歌头》、李煜的《相见欢》、李清照的《声声慢》等，这种能力就叫作"诗感"。

所谓诗感，指的是诗人在长期的创作实践中所形成的对诗歌的感悟能力，这种感悟能力可以帮助诗人将内在情感、外在境象和语言文字冲和成诗意美。诗感是一种经验能力，是在词汇量、阅读量、思考量和情感足够丰沛的前提下，经由诗人反复地、长期地实践而获得。但同时，诗感也具有一定的天赋性质。一个天赋极高的人，天生对诗歌就有超乎寻常的感悟能力，比如骆宾王七岁作《咏鹅》，主要就是天赋使然。但诗感的主体性质是经验，因而，多数人可以通过大量的创作实践来获得诗感。

相对于词汇、阅读、思考和情感，诗感显得更加神秘莫测，令人难以捕捉。如果我们换个角度来说，也许会更容易理解：诗感是诗人之诗歌创作能力的总出口和总标签。比如，虽然杜甫被推到了和李白并肩的高度，但就诗感而言，李白要高出杜甫很大一截（当然，杜甫的诗感也是极强的，仅次于李白）。杜甫之优势在于集古诗之大成和悲悯苍生的大情怀，而李白则在诗感方面达到了随心所欲、出神入化的境界，他不仅有《蜀道难》《将进酒》《梦游天姥吟留别》《侠客行》等纵意浩达之作，也有《宣州谢朓楼饯别校书叔云》《春思》等抒情小调，既有不拘一格的杂言诗，也有格式工整的律诗，甚至还有《菩萨蛮》《忆秦娥》等开宗立派之作，且名篇金句数不胜数，孟浩然称李白为"谪仙人"，后人称李白为"诗仙"，一个"仙"

字正是对李白之诗感极准确的定位。

诗感的获得有点像禅修，急不得，须带着一颗平常心，致虚极，守静笃，慢慢修炼，其中的秘诀就一个字：磨。王阳明说："人须在事上磨，方立得住，方能静亦定，动亦定。"这个"磨"字的意思是"磨炼、打磨"，也就是说，要想获得良好的诗感，必须在词汇、阅读、思考、情感等方面长期地、细细地打磨，当积累到足够的量时，自然会形成质变，如此螺旋式上升。古代的诗歌大家们毕生的诗作动辄成千上万，但真正的经典之作往往就那么几首，其他那么多并不算经典的作品所承担的正是"磨"的任务，正因为有成千上万次的打磨，才造就了那些传世经典。

总之，要想成为优秀的诗人，要想有源源不断的优秀诗作输出，就要在"三量 × 二感"这一公式上耐心打磨，果真下到了功夫，跻身史上优秀诗人之列并非不可能。

第二节　表里共生

　　世界之所以丰富多彩，是由形式和内容共同促成的。形式和内容是阴阳一体、互化互生的关系，任何一方离了另一方都无法独立存在。于诗歌来说，也是一样的道理。诗歌的精彩是由形式和内容共同促成的，不管是过分强调格律的新复古主义还是过分主张辞不害意的内容主义，都是错误的，都是片面的，都是走了极端。

　　形式是诗歌区别于其他文学体裁的根本，一旦丢失了诗歌的基本形式，诗歌便不再是诗歌，而成了散文或其他文体。诗歌的基本形式包含"语言高度凝练""节奏感"和"押韵"三部分，少了其中的任何一个部分都不能称其为诗歌。合理的形式保证了诗歌的形式美。

　　内容是诗歌的灵魂。好的内容能让诗歌活起来，动起来，充满情感，充满生机。一旦内容苍白肤浅，诗歌便会失去生气，成为一具徒有其表的僵尸。优秀的内容保证了诗歌的内在美。

　　优秀的诗人一定会最大限度地寻求内容和形式之

间的和谐，既要做到文辞优美，也要做到言之有物。比如苏轼的《题西林壁》："横看成岭侧成峰，远近高低各不同。不识庐山真面目，只缘身在此山中。"从形式上来说，"语言高度凝练""节奏感"和"押韵"三方面都很出色，在内容上，则富有哲理，比较深刻，"形式 × 内容"便促成了这首诗很高的历史地位。

人们惯常将"格律诗"的格律规范等同于中华诗歌的形式，这当然是片面的。我之所以提出中体诗的概念，就是要打破"诗必大唐，词必两宋"的窠臼，从形式和内容上双双拓宽中华诗歌的边界，只有边界足够大了，才能容得下生活万象，才能容得下宇宙苍生。

当诗歌的边界扩大以后，诗歌的内容便再无局限，写景抒情、叙事说理、经天纬地等无所不包，古今中外、天文地理、科技幻想、人生百态、宇宙万物等无所不容。

总之，中体诗创作的基本原则是"无为而无不为"，即在本质上遵顺诗歌之本然禀赋，在形式上守住底线，在内容不控制、不干涉，只有这样，才能激发出中华诗歌最强的生命力，使其蓬勃繁盛，生生不息。

第五章　诗意地生活

今人有背诵古诗词的好风气，而且从学校到媒体都在为这股风气加油添火，是极好的现象。但是，只沉浸在背诵和欣赏古人作品的热闹里是远远不够的，因为这对于传承和发展中华诗歌文化的作用有限。背诵古诗词是一种被动的传承，不仅无法激发今人创作诗词的热情，反而会强化古诗词与今人之生活的距离感，进而导致"背诵归背诵，生活归生活，两不相干"的尴尬局面。从某电视台的"诗词大会"节目便可见一斑。

"诗词大会"是近几年少有的比较火爆的文化类电视节目之一，备受瞩目。但随着时间的推移，其社会关注度日趋下降，因为人们不过是把它当作一档诗词背诵比赛的娱乐节目来看待的，和我们的文化生活并没有什么关系，其问题的根源就在"背诵"两个字上。如果"诗词大会"能增加创作环节，鼓励今人多创作属于自己的、当代的诗词作品，其社会效果必定是不一样的。

　　学校也是一样。我们的教材上有不少经典古诗词供学生们学习，老师们也不遗余力地要求学生们多多背诵古诗词，可偏偏没有一个环节是鼓励学生创作属于自己的、当代的诗词的，这不仅不能激发学生对于中华诗歌文化的热爱，反而让他们觉得背诵诗词是沉重的课业负担而心生反感。

　　也就是说，从关于诗词的学校教育到电视节目都渗透着"背诵"的灵魂，而不是激发创造。当学校和媒体这两个最根本的塑造文化氛围的平台不能起到激发今人诗词创作之热情的作用时，不能发挥激励创作的社会影响力时，中华诗歌文化的传承和发展当然是不容乐观的。这直接导致了今人对于诗歌前途和发展方向的迷惘，于是人们便在西方现代诗和中华古诗之间摇摆不定，间接导致了今天之现代诗和中华古诗之间的长期论战。

　　鉴于此，我们有必要为中华诗歌文化——中国文化之标识的继承和发展探索一条更加可行有效的途径，特建议如下：

　　1. 诗词类电视节目由之前的"以背诵为中心"向"以创作为中心"转型升级。

2. 诗词类教学由之前的"以背诵为中心"向"以创作为中心"转型升级。

3. 部分文科类高校可尝试增设"诗歌本科""诗歌硕士研究生"和"诗歌博士研究生"学历。

4. 加大诗歌理论的研发力度。

5. 参仿"矛盾文学奖"等小说类奖项,创办国家级、常设性、高规格的诗歌评比类奖项。

6. 参仿音乐打榜和电影节的方式,创办全国性和地区性诗歌创作评比活动,对优秀的诗人和诗作给予大力奖励,并调动各方力量积极参与,比如"北京中体诗歌节""年度十大中体诗歌""年度十大中体诗人"等。

7. 各媒体平台,特别是自媒体平台,降低对低营养价值之内容的推荐力度,加大对原创诗歌的推荐力度。

8. 鼓励社会力量创办诗歌类活动等。

9. 在"春晚"等具有风向标性质的电视节目中增加诗歌类内容。

10. 在高考语文试卷中增加诗歌创作类题目。

希望我们的国家仍然是一个诗意的国度，希望我们的人民仍然是一群诗意的人，希望我们的生活仍然是诗意满满的生活。

下部・中体诗集

觉醒

华夏势如川，由来十万八千年。

圣贤出霄汉，仁人志士如涌泉。

汉唐雄风今何在？一任群雄过江东。

珠江口外硝烟浓，甲午海边炮声隆。

风起云涌江湖动，四万万人醒如梦。

西风呼啸冷，苍天不开灯。

一腔无限警世钟，献与同胞倾耳听。

戊戌君子维新苦，五四运动起精神。

中山劈开生死路，辛亥斩断是非根。

马恩列斯声声鸣，宛如明日照苍穹。

东边打土豪，西边分田地。

工人乘东风，农民激情涌。

二十八年征战身，主席登上天安门。

全国人民舞长龙，纪念碑前歌声雄。

幸哉，我中华儿女齐觉醒。

壮哉，我泱泱华夏再出征。

晓

长飚奔涌雪纷纷，千里江山景色新。

神州暗育千层绿，一遇春风便化林。

观沧海

东冥有水连高天，长风浩浩卷巨澜。

调畜四气周复始，养覆群生不辞难。

常因下流成其大，每遇柔弱方本然。

从来不争更善胜，古今大事勿多言。

初春

弱柳扶风盈盈起，初花汲水淡淡开。

又是一年春到处，万千新象次第来。

副牌采桑子
生养

人生有子不推辞，我要担当。你要担当，合家上下分外忙。

一生一养艰难事，忧也寻常。喜也寻常，寥廓苍生万里光。

副牌少年游

　　单步负笈，苦身持力，一心思报国。韬光养晦，盘马弯弓，十年砺世摩。

　　渤澥桑田谁堪测，专志慷慨搏。揽辔澄清功赫赫，愿神州、莲朵朵。

笃重敦行

矢愿勤厉成大事，一朝风雨现原形。

穷苗苦根谁堪受，铁志泥行两手空。

逆天改命须笃重，成功立业要敦行。

纵使朱生千般好，临到头上方为红。

副牌浪淘沙
创业

　　时势如潮现，必须向前，不立潮头心不甘。

无畏攀登峰顶见，一马当先。

　　君子似神仙，俯仰之间，不负苍生不负天。

老来重见房头燕，心底释然。

副牌沁园春
少年

壮怀激烈，笔走龙蛇，口吐芬芳。乘风云激荡，我自称王；百舸争流，不慌不忙。笑声如花，歌声如浪，百年轮得我坐庄。问苍天，未来千年事，谁主沧桑？

潜心做好文章。谢岿然不动行军床。看那帮少年，自家儿郎。潜龙腾渊，乘风破浪。淡定从容，一泻汪洋，吐故纳新自发光。与约定，不必回头望，来日方长！

春游西安感怀太宗

唐云一片却春愁，大明宫里事未休。

谔谔亨昌传佳话，百卉千葩竞风流。

大雁塔下钟声暮，玄武门前战鼓幽。

千秋风雨潇潇落，不废太宗静朴柔。

雨夜思乡

凄凄烟雨笼太行，天地与之共悲伤。

百年京城同风雨，千里思乡人断肠。

忆昔年少浑不惧，乘风破雨上山岗。

娘亲有泪轻责备，自笑男儿响当当。

悄然二十三年后，蓦觉未尝故土香。

何当衣锦归桑梓，再把太行细细量。

谪仙人

才思浩渺如烟云，贺老呼之谪仙人。

左手出神入化剑，右手惊天动地文。

一杯向天邀明月，一杯莲心敬白民。

纵使雄奇多浪漫，难掩黯然失意心。

秋颂

秋日黄黄天地精，万物灵变更从容。

今朝藏得旧颜色，明年复阳见新生。

黄河

一练横标后土腰，浩浩汤汤九迢迢。

西出太古沧溟水，东入来日诡谲涛。

哀哀泅润人间事，玄玄营就世外桥。

三山五岳来相助，四海八荒俱琼瑶。

夜半写作

夜半三更不上床，红袖添香影双双。

咕咕咚咚喝小酒，哼哼唧唧做文章。

大才

旺月临风天际来，人间烟火共花开。

庭上有情三代好，院里无声一树白。

无声无象经世器，有情有义黄金台。

前人修得不言教，自有后人成大才。

三世春

空谷起清音，夜华现真身。

一池桃花水，洗我心上尘。

此心何皎皎，酿成三世春。

抱一年年好，专气日日新。

家

少不更事嫌家贫，走南闯北做富人。

老来方知家为本，无本无根飘似尘。

咏怀老子

如若人间有神仙，上下千年唯老聃。

开天辟地说道德，古往今来五千言。

自古人民唯一苦，无为而治解忧难。

上善若水求真朴，百姓皆谓我自然。

副牌踏莎行
夜行人

　　残月如钩，冷风如剑。黑路迢迢通又断。三杯淡酒温肝胆，一曲萧声歌漫漫。

　　人生无常，世事变幻。光阴漠漠长更短。八相示现兜率天，渡尽劫波长生殿。

希望

一江春水却云烟，万里鸾歌动地欢。

毕竟得见真颜色，父国长驶毓金船。

黄连蜜糖

清晨光影长，斜斜上厅堂。

一江春水浪，满树梨花香。

娇儿尚酣睡，良人已远航。

生活本如此，黄连掺蜜糖。

育

墙厚穿不破，开门风景阔。

求知修道间，千秋说功过。

副牌鹊桥仙
夕阳斜照

夕阳斜照，芝兰满室，有人嘤嘤细语。梦里思君君不知，却道相见趁佳期。

玉想琼思，甘心首疾，且是一声叹息。六十一天伤心地，空留泪眼长戚戚。

副牌定风波
三祖同宗

　　青牛西辞函谷去，白马东行印度来。佛仙登上紫云台。谁怕！孔丘驾车缓缓来。

　　一任苍天惜大才，且慢！三花三朵并蒂开。人人辛苦众心栽。挣得华夏千年彩，注意！只许长青不许衰。

月夜思亲

回望北京轻放歌，沧浪亭下弄小荷。

青山绿水无颜色，天涯孤旅断肠客。

爱我中华

炎黄传子嗣，孔孟定规矩。

释家修人心，老庄开太平。

汉唐拓疆土，宋明守江山。

文岳铸风骨，李杜诗百篇。

千年梦不断，至今思先贤。

犹记当年否？朴散可归元？

风流书生

厚禄浑人经常有，骏骨书生不易求。

奴颜乞狗招人厌，浩气英风最风流。

清明

天时流转又清明，万物含欣伴雨浓。

儿曹流得玄思泪，复身南山沈耽青。

宠辱不惊

生逢大事莫慌张，宠辱不惊细思量。

名利场中无颜色，空虚树下有文章。

霜降

露去霜来阴气凝，万物停发却欣荣。

茫然一片晶莹色，更有晶莹在雪冬。

反

自古柔士多善胜，从来弱者易长生。

每遇艰难思退步，临将大事反处行。

雪天饮酒

冬深雪重贪好酒，牛栏买来二锅头。

且复闲约三五友，猜拳行令说春秋。

眼花耳热杯易举，意乱神迷话难休。

蓦然觉乎声渐冷，有人默默凄泪流。

过年

人生难逢大景象，一年一度过年忙。

儿童堂前寻颐朵，大人遍尝屠苏香。

天回地转终又始，冬去春来万物张。

修身齐家平天下，一年更比一年强。

副牌鹧鸪天
秋夜思

秋雨凄凄秋风厉。慵妆斜倚伤心事。年年岁岁不容易，岁岁年年分两地。

奔波苦，为生计。人到中年不由己。一愿郎君勤添衣，再愿人生多快意。

承担

人生得意须向前，不负苍生不负天。

蟾宫折桂我为先，我不承担谁承担。

副牌江城子
理想

　　人生一世不寻常，为理想，上战场。撸起袖子，狠狠干一场。不达目的不返航，满身伤，又何妨。

　　匆匆世上走一趟，不昂扬，多凄惶。创造价值，福荫万年长。我为儿孙忙打夯，见天罡，兴国邦。

乡愁

少小离家远，胸怀千古忧。

老来思想小，心系万里愁。

副牌清平乐
乘东风

全民皆动，一起乘东风。改革开放红彤彤，唤醒东方巨龙。

有人大手一挥，亿万百姓脱穷。扶摇直上万里，愿我中华大同。

幸福

人生不过一顿饭，浮名薄利尽虚无。

孔丘济国如丧犬，世尊求道踏穷途。

遭逢治世方有幸，救恤苍生最多福。

宁舍萍身成大义，不教斯民望眼枯。

咏怀李白

李白斗酒诗百篇，始信人间有神仙。

笔下猖狂迷明月，剑似流星震胆寒。

饮如长鲸吸百川，呼朋唤友不差钱。

漏船载酒江湖远，玉树临风庙堂前。

江湖风晚

江湖风晚月光寒，赤子微醺起文澜。

赋得高诗酬李杜，浅吟低唱和屈原。

三贤笑我单飞客，芳事谁与卷珠帘。

我笑三贤难趁意，万丈红尘看不穿。

涮火锅

吃香喝辣赛神仙，推杯换盏须尽欢。

香汗淋淋如雨下，两腮彤彤似牡丹。

击鼓传花魂未定，吟诗作对只等闲。

车喧始觉天欲晓，青枝绿叶展新颜。

副牌浪淘沙
人到中年

（一）

　　我是男子汉，志存高远，鲜衣怒马闯人间。

一箫一剑一支烟，谁入我眼！

　　转眼四十年，大腹便便，银发苍颜台灯前。

雄心壮志安何在？沧海桑田！

副牌浪淘沙
人到中年

（二）

　　我是万人夸，貌美如花，有诗有他有天涯。淡写轻描风如画，四海为家。

　　人生鬼如煞，负了芳华，柴米油盐家妈跋。如有来生当何如？换个活法。

视频中秋

万里团圆趁中秋，巴山蜀雨路悠悠。

萧娘泪语不相见，相见却是愁更愁。

副牌南乡子
飞蛾

　　平地起风雷，惊起飞蛾一大堆。茫茫苍宇何处飞？危危。不待驱赶各自催。

　　此地有家归，灯火通明战鼓擂。痴痴心碎为了谁？悲悲。亦歌亦醉声声泪。

咏怀孔子

复周礼兮为苍生，

著春秋兮传承。

开杏坛兮展精神，

述论语兮启蒙。

修六经兮明如日月，

立宗派兮万世师表。

游列国兮无知己，

负重者兮艰辛。

春夜喜雨

夜雨润春城，朝来百花生。

天街流锦绣，上都赋丛荣。

列子常摩厉，周才欲逞雄。

三合推吉日，五蕴铸新功。

复境登高处，清明一重重。

来去
和元末明初徐贲《写意》

看来看去独坐，听来听去高眠。

生来生去日日，死来死去年年。

副牌离亭燕
知止

宜定宜和宜后，不争不抢不斗。鸡毛蒜皮争不休，死后都带不走。凡事皆可修，贪字万不可谋。

宜静宜下宜柔，无忧无虑无愁。爱恨情仇皆有够，活得轻松自由。诸行向上走，切记与人无尤。

京城风雨大作

一道天光荡云开，滚滚巨雷压城来。

风如虎豹摧老树，雨似倾盆虐古台。

冥昭瞢暗无边际，接天帘幕密密排。

惊猿脱兔仓惶遁，兴会淋漓入我怀。

副牌减字钗头凤
童心与成心

　　月是月，星是星，万物皆如故。人是人，物是物，彼此不辜负。怒，怒，怒。

　　白是白，黑是黑，万事皆无秽。错是错，对是对，真诚最可贵。悔，悔，悔。

暮秋

晚来烟霞冷，秋去山色空。

身出无根水，心入大风中。

与妻歌

妇女能顶半边天，吾妻在家掌大权。

生儿育女寻常事，相夫教子不简单。

厨房巧绘开心果，厅堂炖得幸福餐。

逢人求助伸援手，修真修善自天然。

副牌卜算子
咏梅

　　万事一场空，化作苦行僧。百丈悬崖独修行，心中一盏灯。

　　灯熄自澄明，灯灭越千层。一花一木一乾坤，无我有苍生。

游苍岩山有感

一道天梯入云间，送我登临白云巅。

百尺高悬楼上禅，南阳公主入涅槃。

笑谈般若生花莲，菩萨重返人世间。

度尽人生苦和难，善男善女种福田。

副牌西江月
梦

梦起吹角连营，千军万马驰骋。风卷残云显神功，头悬一盏明灯。

狂人狂雨狂风，家家户户冰封。曾言万事转头空，人生如戏如梦。

踏春

庭上花开早，门前柳色新。

邀起三五友，踏歌访青春。

英雄

大地飞歌烟雨苍，英雄有梦楚天狂。

一任江湖快意事，半生风雨半生王。

副牌临江仙
友来

一程风雨一程孤，友来春色满屋。拈花拂柳赋诗书。烟雨青未了，犹道无屠苏。

一生辛苦一生图，功名似有还无。了身脱命不为奴。色相心不住，万境自如如。

下扬州

江上小风吹酒醒，霜重漏残已三更。

月影闲舟相顾冷，随波逐流起歌声。

雨林游

轻轻滑入，汩汩而出。

动声动色，一荣一枯。

副牌渔家傲
秋

秋雨潇潇秋叶黄，千家万户丰收忙。打谷场上菽稻香。将进酒，龙吟凤哕畔礼堂。

阳到极处是阴苍，路到极处须返航。秋去冬来雪茫茫。莫慌张，风物长宜放眼量。

只管推

大江一去东不回，留下精骨百千堆。

终始有道情未了，莫问前程只管推。

无题

自古圣人多寂寞，只为人间福祉多。

执雄守雌常无欲，经天纬地以冲和。

慈俭不争因无我，功遂身退麒麟阁。

是非功过夫如何，自有后人去评说。

副牌水调歌头
春意浓

　　醉卧月明中，天涯春意浓。人生无奈匆匆，把酒问蟾宫。我欲立言立行，还欲立心立功，何惧何从容？左右轻相拥，斜倚桂花东。

　　如梦幻，似泡影，转头空。梅菊竹松，返朴归真做婴童。求真求善如弓，为人为事有宗，愚沌混浊茕。人生无限好，何必太事功。

雾锁嘉陵江

烟重风轻帆影稀，嘉陵江上有人急。

纵使经年多磨历，狼行千里仍是迷。

蟑螂

平生最服小蟑螂，脸皮厚过古城墙。

鬼头鬼脑来偷粮，穷追猛打不消亡。

副牌采桑子
惜春

少年不惜春光少，尽情逍遥。尽情逍遥，岂料秋风忽来报。

老来方知春光好，回不去了。回不去了，沧海桑田付一笑。

迫

大道本在红尘中，奈何红尘迷人心。

一花一叶一世界，恰到好处迫里行。

隐

小隐隐于山，私自得心闲。

中隐隐于市，风尘见地天。

大隐隐于史，默默著奇篇。

悲悯苍生者，心系万万年。

疗救斯民苦，探端生死源。

名利与身厚，视之如云烟。

古今多少事，终竟谈笑间。

副牌临江仙
怀古

老子出关骑青牛，杏坛常坐孔丘。求仁求道不曾休。大爱奔涌里，恩泽被九州。

烟雨苍苍独把酒，冷看黄河东流。三十六载梦春秋。愁心初凉透，何能何所求。

副牌长相思
秋叶黄

秋叶黄，秋叶黄。秋雨茫茫秋夜长，箫声沉又凉。

思念长，思念长。清月微微清酒伤，梦里泪千行。

副牌念奴娇
不忘初心

英姿白发，征程远，十年不曾相见。烟雨苍茫，战犹酣，为得一世心安。人心不古，世事难堪，难免心胆寒。历尽千帆，走得格外艰难。

大道分开两边，我自走中间，左右逢源。不甘平凡，谱新篇，拼得一身肝胆。望眼欲穿，何惧万千险，重任在肩。不忘初心，继续保持风范。

巧遇

月黑风高凄凉夜，妙峰山下抽泣声。

华信女子不知路，见哭兴悲捎一程。

追风逐电相顾冷，女子垂首笑盈盈。

巴头试问居何处，伊家竟在吾家东。

副牌破阵子
商战

　　战场硝烟弥漫，拼运拼人拼钱。殚精竭虑不得闲，千方百计难周全。沉沉闯关难。

　　心正方能走远，立命立行立言。风谲云诡有底线，成败利钝敢承担。人字立中间。

副牌青玉案
写作

下笔如神虚妄言。写作难，写作难。写到痛处泪涟涟。一字百转，一文千观，实在很难产。

夜半三更吐青烟。随心所欲任天然。柳暗花明展愁颜。轻思漫旅，淡拨心弦，此处有名篇。

北京

人多楼高根深，众生行色匆匆。

冲和古今中外，亦文亦武皆仁。

副牌踏莎行
家庭小吵

心不在焉，意兴阑珊。暮色沉沉且淳涵。我自从容谈笑间。怒发冲冠火冲天。

梨花带雨，厉色可餐。翻江倒海潮未干。床头床尾不相见。鬓云乱洒梦已甜。

牛气冲天

牛童马走风吹烛，牛山濯濯无人度。

牛角挂书常辛苦，牛角之歌求贤主。

牛蹄之涔难自负，牛骥同槽堪何如。

牛人牛气乘风出，我执牛耳当空舞。

风

朝飞香雪暮卷尘，浩浩汤汤出重门。

厉响浮声皆寂静，千姿百态俱失真。

高墙厚壁何堪阻，众养群生小纤云。

机关算尽成迷梦，守默持恭做素臣。

副牌浣溪沙
劝和

恨如芳草萋萋生。曾忘相思凭借风。今生从此不相逢。

人间最贵是真心。悲欢离合总关情。一阴一阳相托生。

如是我闻

飘风骤雨难持久，余食赘行易早亡。

孤寡不谷非自贱，朴静柔弱是真香。

副牌水调歌头
敬畏心

人心非无倚，乾坤有明灯。试看地水火风，隐隐有神宗。天地寥寥苍苍，报应丝毫不爽，自古理明通。勤修真善美，常念敬畏经。

人有心，地有灵，天有情。凡有所往，举头三尺有神明。人有成败得失，事有顺逆昌穷，日月鉴分明。苍天应不负，坦荡大英雄。

重振诗风

月光如水滔滔流，屈苏李杜不可求。

唐风建骨应犹在，陶白鲁毛何堪忧。

自古诗坛如星汉，我辈岂可负九州。

提膝抬头抖三抖，重振诗风再上楼。

副牌卜算子
中秋

月光如水流，游子自横舟。郁郁沉沉满江愁，凄凄复幽幽。

思念不曾休，一生何所求。长风浩浩送中秋，泪湿青山袖。

书生

　　身高不过五尺三，功名利禄何须贪。

　　著书立说安天下，自有茅屋一两间。

副牌卜算子
游北戴河

大风卷巨澜，沧海水连天。孤帆一片越千年，苍鹰阵阵旋。

秦皇长共短，魏武大同难。主席雄雄谱新篇，人民展欢颜。

心乡

身在人间心在天，一田一梦两肩担。

愚夫何堪栖遑辱，草莽鲜有不作难。

众生海里寻花莲，终南山上梦老聃。

掘地巡天不辞远，通仙只为把心安。

真爱如水

情深最是两相痴，并蒂花开人不知。

含真抱朴闲闲过，恰似风流淡淡诗。

无题

门外风敲竹，门里青灯枯。

恋恋风尘路，去留两孤独。

情痴

梦里思君千百遍，犹似浮萍无从眷。

越陌度阡求相见，连天山水转复转。

烟海茫茫如丝乱，迷路迢迢通又断。

甘心首疾心漫漫，蓦然误入白云观。

春游赤壁怀古

浪打云崖火冲天，横刀立马列阵前。

春风不暖周郎面，赤矶山上有诗篇。

副牌踏莎行
雪

西风从容寒，大雪舞翩翩。银装素裹净如蓝。

千里茫茫都不见。熙熙北京入梦田。

东厢三春暖，温书把酒欢。沉沉长啸冽如泉。

不做神仙也烂漫。万里长征战犹酣。

浪淘沙

一江烟雨莽苍苍，巨浪滔滔如太行。

翻江倒海猖且狂，我欲起航冰满舱。

时乘运拙心茫茫，三十二年费思量。

箫声如虎歌如狼，仰天大笑慨而慷。

狂客

燕赵有狂客，云游天地间。

十年梦李白，饮酒做诗仙。

西出沧溟水，东入大荒山。

纵横千里外，登临白云巅。

蓦然回首看，心高江湖远。

青青霜月寒，戚戚意阑珊。

神仙酒，霸王餐，擒龙剑，打虎拳。

纵马狂歌三万里，飞扬跋扈五千年。

心成天地宽。

思

清风抚我琴，送我上青云。

乘风十万里，与君共良辰。

我心似明月，君心清且真。

戚戚磨私语，深深相对寝。

我既不想离，君亦不想分。

忽如急来雨，梦醒泪满襟。

副牌浣溪沙
重游北戴河

烟雨苍苍锁巨龙，风浪无情势汹汹。九州齐哀万马鸣。

秦皇东渡为长生，魏武挥鞭求大同。主席赋诗更从容。

痴不痴

愁长一曲声声咽，散入风尘无人知。

人情漠漠不堪测，敢问郎君痴不痴？

梦见孔子

独抚琴兮怆然，驾长车兮潸潸。

礼乐崩兮悲焉，人不古兮恻然。

鹿呦呦兮凄婉，鹰嗷嗷兮盘旋。

怜河水兮流断，惜明月兮沉暗。

噫吁嚱，呜呼哉。

叹鸟哭猿啼兮声声哀怨。

子越陌度阡兮追寻先贤。

终相遇兮如愿，问仁礼兮企盼。

谆谆教兮温暖，兢兢学兮展颜。

沁心脾兮甘泉，展华灯兮烂漫。

乘快马兮如箭，上战场兮离弦。

迎燕跃鹄踊兮峰回路转。

看匪匪翼翼兮换了人间。

真澹人

万里高风和云翳，一双鸾凤戏青林。

且看苍天怀私护，千古唯亲真澹人。

阙全

纵马狂颠脱阴山，冲冠一怒为红颜。

二八花前盟旧誓，三七月下有新欢。

奈何人心多思变，谁知思变无兆然。

酷痛阙全薄幸女，孤蓬自振白云边。

审明月

一木惊堂审明月，谁与把酒登高台？

明月巡天十三载，游子佳人两分开。

犹记把酒月明夜，迷花不是舞徘徊。

我欲乘月飞千里，再邀佳人入梦来。

常与善人

天道常有善，人间恶事多。

私心催盛欲，戚戚不堪说。

风煞何其乱，奈河汶且浊。

长使奎光照，恋恋迩英阁。

北京颂

闲若浮云静若僧，太行山上望北京。

十分秋色深深锁，一团和气缓缓升。

犹梦长城红似海，再看成祖驾苍鹰。

却是大汗铁蹄振，北京始为大都城。

浩浩汤汤三千岁，不及今日天气清。

古今中外皆如是，功标青史民在中。

午后小雨

午后残阳入小林，薄雾冥冥意沉沉。

和风细雨来相助，风化阴霾雨洗心。

秋收

春去鲜花少，秋来金色多。

又见亲人笑，乘风化成歌。

副牌踏莎行
游武侯祠有感

三分初定，八荒正开。郁郁葱葱扑面来。定鼎荆益称大帅，仁治南中连云寨。

神威在外，大统不才。风华绝代费疑猜。六出祁山因何败？三分二表一徘徊。

夫唯不争

致虚守静，尊道贵德。人生大道平顺多。静之徐清，动之徐生，一阴一阳谓之和。

功名利禄，余食赘行，多如积山又如何？见素抱朴，少私寡欲，只为苍生只为国。

风雪

北风怒号卷白毛，蛇鼠仓惶遁地逃。

莫道春来天气好，麒麟山下正复妖。

副牌踏莎行
离异的小马

　　秋云残淡，百花萧杀。迢迢流水到谁家？曾信相扶相濡久，艰难竭蹶各天涯。

　　神功暗运，蓄势腾发。无奈顽石不发芽。枯体灰心空望月，蓦然新径开新花。

三十而立

三十而立大道中，风光不与旧时同。

沉沉铁肩担家业，韧韧巧手绣功名。

栖风宿雨寻常事，左为春夏右秋冬。

朝乾夕惕彤彤日，匪异人任莲花灯。

虞美人

一颦一笑美如梦，轻腰曼肢柔似风。

亦舒亦缓从容过，非名非利度苍生。

咏怀鲁迅

春风十里碧如蓝，一片冰心万仞山。

等闲识得周公面，甘洒热血祭轩辕。

医者

医者仁心清如洗，贪名求利不为医。

人生何需调朱粉，救死扶伤自传奇。

早春

春风杨柳捉迷藏，梅花暗送层层香。

鱼儿推开小波浪，抬头一片暖洋洋。

人生

清晨景色丽，晚来风雨急。

世事难揆测，人生费猜疑。

胃病期间向夫人讨酒

金樽有酒喝不得，我劝明月与君说。

人生有意难着落，何不把酒轻放歌。

秋词

莫道天凉好个秋，秋去冬来泛春愁。

苍天未老人先老，老来方知万事休。

夜归人

明月上翠微，山下有人归。

荷把锄在肩，踽踽影相随。

此生此愿

霜月出高山，直入青冥间。

天高风云淡，春梦轻如烟。

人生征程远，片刻不得闲。

四十无余田，未老心已寒。

曾愿天下暖，童叟展欢颜。

又愿多自然，人间开花莲。

十年梦不断，韧韧闯玄关。

不惜形影单，只叹光阴短。

此心真情炼，子美可比肩。

世事多变幻，劣掠驱先贤。

靴刀为一战，以血祭轩辕。

滩多风浪险，船少彼岸远。

生亦何所恋，死亦不得返。

无奈苦撑帆，纚风鬓霜染。

辗转复辗转，一待江湖变。

手掌龙渊剑，稳坐赤兔鞍。

把酒披肝胆，振臂迎风斩。

舍生入涅槃，舍灭度九天。

客难留

淡酒三杯留远客，梅香一缕逐风流。

再见二十三年后，谁人可把岁月偷。

观鱼

一池春水碧如蓝，鱼儿好似水中仙。

随顺天然安若素，无忧无虑自在天。

喜迎春

门外梨花怒，河边柳色新。

金鱼闹池水，飞鸟戏山林。

春雨洗我脚，春风抚我魂。

正是新征日，烈烈抖精神。

副牌水调歌头
元夜怀春

明月初升腾，把酒问春风。不知繁华落尽，谁与共从容。我欲鲜衣怒马，又欲宝剑雕弓，万事转头空。长风十万里，苍岩不老松。

凉亭凉，宫灯黄，梦未央。一片春心，千秋功过后人评。孔孟仁治天下，老庄悲悯苍生，世事自清明。但行人间事，莫求鬼神功。

春望

冬去春来到，繁花点缀城。

游人来又去，四季有新风。

淡淡烛光里，亲亲想念声。

儿当多奋进，再上十二层。

教与学

教育为国本，冰心似海深。

莘莘学子梦，个个有长春。

师自倾心育，学当下苦心。

青春十万里，片片快活林。

人世多艰

早岁不知世事难，胸怀正气望人寰。

行来始觉人生苦，万里征程坎坷翻。

烈焰霜寒等闲度，修得万世莫阴天。

苍生自有苍天顾，跋扈飞扬不简单。

观由

春过却惊秋，虚静以观由。

命世三车梦，浮生四两愁。

旦夕磨八苦，不堪猿鹤羞。

湛如皆放下，拙守秦家楼。

不做李寻欢

平生不做李寻欢，仗义疏财皆枉然。

一任江湖无限恨，风潇雨晦马不前。

山长水远闲闲过，大路朝天走两边。

亭然淡笑风尘事，耕稼三分颍上田。

病中愁唱

云暗三春绿，风吹一浪愁。

往日不得见，来生阕幽幽。

大邪谁人治，雾霾何以休。

但得清柔气，诗酒配金钩。

望乡

客居长沙不见家，举头向北望月霞。

残花一片思故土，水自东流舟自发。

挠头上吊歌

崎岖山路一双脚，缥缈青烟一座庙。

脚不辞路路途遥，庙不离烟烟雨飘。

一个孩子要洗脚，一个和尚要修庙。

洗脚才知没有水，修庙方觉草木凋。

孩子哭着要上吊，和尚愁得把头挠。

与夫人踏青

春风杨柳绕鹅黄，燕舞蝶飞小桥旁。

两只金犬忙嬉戏，一双男女正徜徉。

悟

大梦三十又三年，惚惚恍恍见天颜。

道德经中说道德，桃花源里梦桃源。

片叶遮身过闹市，一蓑烟雨出玄关。

入化何须桑梓地，遁入长生不老泉。

咏志

电闪雷鸣风雨作，乌云滚滚压城台。

十分景色深深锁，一道神光荡云开。

李杜无情骑鹤去，无尤有意抱琴来。

拼得一腔炽热血，诗坛千古不可衰。

淡然而活

停辛贮苦莫慌张，利锁名缰尽黄粱。

来来往往不堪命，是事可可一张床。

副牌踏莎行
心香

　　愁思千里，山高水深。临江把酒对风吟。欲借清风传音信，渺渺茫茫入深林。

　　澹泊寡欲，无所容心。绝世独尊君意沉。梯山航海当何如？一瓣心香念亲恩。

蚯蚓

　　春天不下雨，田多麦苗稀。小小蚯蚓吹牛皮，滋秧护苗全无敌。容易！容易！

　　骄阳烤大地，干裂十万里。蚯蚓无力直叹息，摇头晃脑难自已。怪你！怪你！

出路

黄云蔽日白鹭飞，梅花无赏自芳菲。

茫然不见回头路，排云破雾上翠微。

长江

长江有话与谁说，万里东行寂寞多。

一入沧海惊天笑，翻天覆地卷狂波。

大路通天

大路通天走不完，一家一梦难两全。

人生自古多跋疐，退步原来是向前。

夜宿峨眉山

提灯把酒上翠微，望月临江共云飞。

沉沉一派苍茫色，任尔狂风自在吹。

割

锦官城里锦官行，落魄亭前落魄迎。

逝水汤汤流不尽，冷暖裁割一世情。

重温电影《泰坦尼克号》有感

风急浪高船大，众生飘摇害怕。

不见上帝援手，珠沉玉没海下。

副牌定风波
看淡

云低水远月徘徊，人去楼空雁归来。临江把酒素芳斋。且慢！待我抚琴入君怀。

素海秋风三千载，红花绿柳次第开。而今谁堪点兵台？看淡！栖遑白骨野山埋。

游长江遇大风

大风吹江卷巨波，君子横舟对天歌。

纵横上下八千里，滚滚长江奈我何。

沐春

春风送暖入小园，慵妆醉卧梨花前。

一只彩蝶眉间舞，玉指弯弯不忍弹。

歌离笑

　　大路向天横，潇潇雨不停。纵横八荒觅封侯，五湖四海显神灵。胸中潮涌已平平。

　　身前一杯酒，身后不留名。万古长青何须我，百年孤独路难行。门前荒草已青青。

风流才子

我是才子我风流，佼人美酒著春秋。

旦夕尤怜苍生苦，渡尽劫波志始休。

问月

月华烁烁正当时，我且停杯一问之。

煌煌十万八千岁，而今谁可赋新诗？

说英雄

朔风肃肃雪盘龙，万里长征求大同。

十万雄兵今何在？霸王冢上说英雄。

孤芳

池有孤芳淡淡香，负你残春又何妨。

人间不见书香色，且慰平生入酒肠。

戈壁沙漠遭遇风沙

黄沙百战封千里，四海八荒俱朦胧。

纵有清风偷送暖，哪个虫儿敢发声。

敬畏《老子》

注经解典艰难事，未有晚生敢嚣张。

老子千言堪天道，万古玄机密密藏。

前赴后继求真义，上行下效著文章。

余氏逢场来做戏，半间不界岂登堂。

析经舞墨文灿灿，管窥蠡测心茫茫。

著书立说传文化，敉始毖终自流芳。

放下

日暮苍山离人远，天寒飞鸟觅食勤。

煌业未济何须沮，冥冥漠漠后来人。

副牌菩萨蛮
重庆

凭栏不望嘉陵水，中间多少行人泪。春风望北吹，夜宿解放碑。

佛笑不为媒，离歌催人醉。英雄出我辈，谁带美人归？

锦绣华年

春梦如烟迷人醉，锦绣华年自在飞。

聚得跌宕风流辈，金声玉振逐画眉。

无题

看山不是山，枉结尘世缘。

有心随远梦，无觉便惘然。

一

一行白鹭散入烟波，

一地光阴陌上蹉跎。

一江秋水蹒跚凋落，

一片真心向死而歌。

人生

房如泰山崩绝顶，学似黑洞吸百光。

披星戴月无闲日，朝乾夕惕有纹霜。

年少常思老来乐，老来方知无存粮。

人生漫漫长共短，为钱辛苦为钱忙。

敬畏经典

煌煌周孔千年意，沉沉鬼魅三日声。

绝情谷里风云起，断头崖上锣鼓鸣。

欲望海中何人度，急急如令请天兵。

天兵天将长长叹，洒向人间四五经。

石家庄遇大雨

白昼冥冥如墨染，水幕汤汤似海翻。

河满城摇人颤颤，深夏复觉五冬寒。

诗脉传承

天纵诗经肇始端，屈子放歌大江边。

魏武挥鞭观沧海，陶公采菊梦桃源。

李白把酒邀明月，杜甫摘花舞翩翩。

东坡赤壁思千古，主席纵马点江山。

千年一路传诗脉，谁人敢做不孝男？

醉酒桃花庵

春雨暂歇烟初退，桃花庵里图一醉。

浮生如梦不堪等，琵琶一曲伤心泪。

话老聃

世人万万千，唯我独怅然。

十年梦初醒，戚戚话老聃。

大雨

云重天低人似尘，湛湛霜风初转轮。

洒向人间都是恨，点点滴滴起复沉。

不晚

　　人生有梦谁来圆？处处流华年，只叹光阴短。更那堪，世事无回转。

　　恨别韶华赴中年。时时多怅然，万里征程险。再祭天，追梦何曾晚！

把酒话楼兰

人间不见古楼兰，且共春风把酒欢。

忆昔往日繁华地，臣匈事汉多艰难。

瘟疫横行夺人命，风沙肆虐葬地天。

纵有浴日补天志，不胜等闲弹指间。

新旧

新风吹旧水，老树发新芽。

新旧相交融，万物长欣欣。

喜新厌旧者，叶丰根不稳。

斥新恋旧人，徒守枯老根。

阴阳本一体，冲和得长生。

了悟此中意，冥冥有奥荫。

早春

忽见南枝早花发，春风已先到我家。

燕舞莺飞彤彤日，乘我头上万里霞。

副牌踏莎行
春雨无亲

　　春雨无亲，暗香无助。乱红翩翩虹桥度。欲语还休愁永固，透骨相思无着处。

　　漫拢风鬟，斜倚门户。望断天涯频繁顾。拟乘小风飞尺素，却道人生无归路。

风四娘

四娘身上故事多，险恶江湖苦奔波。

执鞭坠镫随者众，长夜漠漠无人说。

情海茫茫偕谁隐，孤标傲世等一人。

游戏红尘堪似梦，道义于心根已深。

情殇

冰壶玉尺赋情诗，莺燕误栖薄情枝。

省然识得云深处，纵有青春不敢痴。

执迷不悟

月黑风高私奔夜，走路不如骑马快。兴尽晚回头，更上一层楼。

山高水长通边塞，亦疯亦癫无公害。年少不知愁，老来愁上愁。

青春

人生有梦多激荡，万里长征用脚量。

生命之晨光芒浪，最美青春是轻狂。

雄雄谱就歌声壮，猎猎风中大旗扬。

朝乾夕惕蒸蒸上，朗朗乾坤我称王。

副牌满江红
喝酒

　　青州从事，约几个朋友一起。围围坐，金樽温酒，如叙如诗。吾意轻柔言温暖，尔语长短问家昔。正千言万语在一躬，好惬意。

　　半斤酒，风云变；情绪到，掀翻天。谈挣钱太俗，只要雄起。三千戎马驰南北，五万精兵战东西。要青史留名展雄心，全无敌。

麻三姑

人生多劫难，凄凄如风转。

茫茫苦海里，俯拾皆自贱。

从来求不得，何必执相恋。

无为无不为，大道藏里面。

一悟破千劫，再悟救百难。

浮生似疏梦，虚实两不见。

觉知惜兮者，超然类泥燕。

劝学

山河未老人先老，谁堪人生行来早。

快快埋头把书读，老来不叹光阴少。

副牌忆秦娥
秋夜喜雨

夜微凉，苍岩山下雨初狂。雨初狂，麦苗昂扬，来年多粮。

老乡闷声轻摇床，东厢一片喜洋洋。喜洋洋，女儿多妆，男儿多房。

高考

萧萧马嘶传千里，腾腾杀气笼四方；

誓上青天揽明月，一品蟾宫桂花香。

娘亲含泪殷殷望，老父四顾心茫茫；

围炉把酒神难定，忽闻捷报喜欲狂。

春来

草色如烟微微绿，梅花似梦淡淡香。

驱冰化雪彤彤日，神州从此不苍凉。

初夏

蝉躁风轻白日盘，鱼影横斜荷欲燃。

纵有佳人飘然过，不解人间寂寞天。

重生

一碗清茶待客归，了却人生苦与悲。

凤凰浴火重生日，尚有真情可堪追。

陌上闲情

八月莺飞花草间，一弯新月出东山。

陌上闲情相对好，泉下碧烟惹人怜。

淡马轻鞍托玉女，流丹浮翠醉地仙。

两颗素心相宠契，一处瑶情化天缘。

天机

大脚量天地，巧手绣江山。

闭眼观生灭，开口度因缘。

无题

烟笼琼林雾笼莎，秋雨潇潇百花杀。

等闲度得春风面，烟笼琼林雾笼莎。

转头空

霜晨雁叫出岱宗，扶摇直上乘大风。

俯瞰苍茫繁华地，谁知万事转头空。

春风来

春风有信过江来，遍洒荣阳冻地开。

罗衣把酒从容笑，自信花开有人摘。

道法自然

柳笑三春绿，荷怒满塘红。

尊道贵德者，万世皆欣荣。

七不堪

梨霜漫漫洒薄天，万里浮征一日闲。

踏水登山酬好友，吟诗作赋且心安。

三杯淡酒翻旧梦，一把心酸泣新欢。

浊骨凡胎难趁意，目乱睛迷七不堪。

发愤图强

腾云驾雾上高层，百万雄兵气势雄。

纵使波云常莫测，我自坚如金刚钟。

艰苦卓绝练真功，最美战舰是东风。

萧萧鸣雁歌迭奏，乘风破浪趁年轻。

游秦始皇兵马俑怀思王翦

鹰落惊山雨，鲸飞起河风。

除牧扫三晋，田宅灭楚荆。

横征十万里，将军白发生。

功成身即退，长留大王兴。

副牌渔歌子
向光良

一箫一剑一飞黄，深衣束冠携海棠。乘风起，去远方，九死不悔向光良。

洞庭湖畔悼忆范文正公

洞庭湖上秋波老，洞庭湖畔多黄草。

将军一夜又白发，多情总被无情恼。

雪

白衣白马雪纷纷，千里江山冷画屏。

一抹红色如风过，疑是佳人逐雪晴。

惜真

漠漠秋风起黄尘，凄凄冽冽吹到今。

莫向陈园思过客，且将香衾试新人。

彻心彻骨翻旧账，安分守理共天孙。

殊遇瑶情当珍重，浮世能得几回真。

厕上枕边书

早想读书没时间，思来心有戚戚然。

勤勤恳恳九九六，忙忙碌碌日月年。

人生如隙倏然过，老来回首多不堪。

厕上读书香万里，枕边有字梦千年。

副牌踏莎行
酒肉穿肠

牛肉一斤，烈酒三碗。临窗坐看秋水远。秋夜凄凄长共短，箫声一曲哀又婉。

鼓声骤起，苍音峰转。声声凄厉无从返。酒肉穿肠行渐缓，何当望断三春暖。

家风

沉沉一派旧家风，万水千山总不同。

幸得年年春到处，鸿雁黄鹂三两声。

箕裘堂构警世钟，海涵地负古今通。

可怜旁搜复远绍，老父仍是旧家翁。

副牌南乡子
贪欢

大道如青天，熙熙攘攘不得闲。一任平生无限恨，如烟。料得春秋冰塞川。

月落仍贪欢，风流跌宕共平凡。纵使人生多不易，心宽。唯愿苍生和且安。

观复

肩顶擎丹凤，足下驾苍龙。

复回三千岁，与子共长生。

西汉谒文帝，大宋拜仁宗。

终而偕李杜，悠悠觅仙踪。

先访蓬莱阁，再入广寒宫。

畅游银河水，醉卧兜率松。

老君抚我身，玄丹炼制中。

上得凌霄殿，玉帝笑脸迎。

深天三十重，重重难苟同。

虚实两不令，许我最高层。

月下独酌

把酒不解凄惶意，望月徒增万里愁。

忆惜年少相逢日，长风破浪觅封侯。

乌飞兔走蹉跎误，对镜方知尽白头。

此去蓬山无多路，栽花弄草复何求。

水边烧烤

云淡风轻鸟儿飞，将军戏水捉鱼归。

沉沉一排烧烤架，烤鱼烤虾烤乌龟。

游子泪

　　春梦轻如烟，万事不如前。惶惶脚下出路难。人间处处开花莲。游子泪涟涟。

　　月落水云间，倏忽多少年。茫茫一派风云变。曾经沧海又桑田。天书一篇篇。

副牌西江月
小人嘴脸

一两黄泥铺路，两只破鞋垫脚。三拳两脚打蝼蚁，跳得比猴都高。

四两黄汤下肚，五只蛤蟆入口。七嘴八舌说闲话，活得狗都不如。

韬光养晦

花间不敬酒，树下莫发声。

锋华深深隐，当时上下惊。

咏柳如是

娶妻当如柳如是，温柔乡里有奇志。

诗文不输李易安，报国犹胜东林仕。

宁为故国慷慨死，不愿苟且委新势。

洞识大体自权奇，人格光明当潮立。

围城

城外千山翠，城里烟雾深。

城外戒定慧，城里贪痴嗔。

摘藻之乐

驰辩如涛扫千军，摘藻春华入心深。

别有洞天三六九，尽得人世大梵音。

春雪寻梅

莽莽苍苍雪纷纷，万里封春人断魂。

踏破千山知何处，孤悬绝壁守空门。

少年游

浮生如梦倏忽间，快马加鞭下长安。

男儿有志思报国，誓教绝学生花莲。

失恋的女人

寂寂东流水，戚戚双泪垂。

长饮图一醉，心远不成归。

黄河

黄河腾荡五千年，续续珍珠洒人间。

西有诸皇安天下，东有圣贤造福园。

沧海桑田有时尽，黄肤黄土无限缘。

天下滔滔何堪命，道儒经里有灵丹。

牡丹

百花类从从，品赋大不同。

众芳多香艳，牡丹最雍容。

乌金团紫气，景玉坐中宫。

凡尘常不染，自在最高层。

冬词

莫道雪冬寒意浓，冬去春来万物生。

蓄势韬光伺时动，本深末茂共欣荣。

一炉香

书台静坐一炉香，凝然万事不思量。

冷看书郎钻故纸，咬文嚼字心茫茫。

不闻不问不经意，自行自素自芬芳。

色即空来空即色，何须欢喜何须慌。

等

浓暮沉沉笼四方，莲花灯下有人忙。

峨眉紧蹙写复写，清泪双流长又长。

犹记火树银花夜，乐游原上结成双。

新婚宴尔三两日，忽闻解差出夜郎。

山高路远重重险，鸿飞冥冥信茫茫。

尺素飞雨夜郎地，恰似泥牛入大江。

一年一年复一年，哀销骨立泪成洋。

忽梦险途崩绝壁，忽梦豪贼见血光。

纵使身枯心不死，不信阴极不转阳。

冬去春来终又始，绝等亲郎回故乡。

淡然而生

三万里江河入海，八千年日月归尘。

梦幻泡影转头空，春花秋月自由身。

2021 年中秋

大君不是悲秋客，望月听风赏碧箫。

寂寞嫦娥拈花笑，淡酒一杯两相邀。

广寒宫里歌漫漫，黄金台下水滔滔。

且借西风凋旧树，自有春来满城娇。

副牌沁园春
井陉

太行山下，五陉六塞，兵家要冲。忆韩信背水，拔旗易帜；成武杨威，灭矿营工。笃行信道，自强不息，矢志不渝求大同。抬望眼，重整旗鼓，再立新功。

无奈岁月匆匆，须风樯阵马厉豪兵。恰改革开放，风起云涌；科技兴盛，热气腾腾。及锋而试，锐意前行，登高望远一层层。愿只愿，国泰民安，一路亨通。

柳

婷婷袅袅初染黄，为赋新愁巧梳妆。

灞桥涵淹折柳曲，灞水鸿分出征郎。

戚人心上飞白絮，若此一情拆两乡。

求通莫奢南郭愿，劳生自有烟雨苍。

情偈

情到浓时情转薄，一浓一薄两蹉跎。

欲求情坚如山岳，相敬如宾莫贪多。

老僧与寒梅

苍岩山上坐老僧，一树寒梅映雪红。

寒梅树下人如市，老僧周遭影空空。

苦相思

人道相思苦，却恋苦相思。

泪眼频繁顾，梦里盼归期。

戚戚复戚戚，思君君不知。

哀哀何堪已，一诗又一诗。

书生之用

自古书生无多用，青史唯留薄幸名。

心忧天下醒复梦，悲悯苍生志未平。

拘拘儒儒唯奋笔，篇篇能抵百万兵。

孤标峻节坚如铁，存亡之际最忠诚。

青花和黄花

孤悬绝壁觅青花，虎跃猿游踏沉霞。

青花深深深不见，却有黄花满山崖。

夜风乱心

黑风不解弦中意，推窗敲竹乱弹琴。

什伍东西声沸沸，恶紫夺朱坏人心。

悟空

身怀绝技又如何，翻身却中仙人魔。

大道中分两边错，平淡方为好生活。

事天

万里危楼望四荒，神荼郁垒自发光。

一座玄云经天降，飘疾豪悍割阴阳。

郁垒祭出屠龙剑，神荼摆下捉鬼缸。

魑魅魍魉凶气旺，临将死地不思量。

真法潇潇如雨下，魂飞魄散两茫茫。

云过天青空湛湛，一流鸾影默默长。

大事情

余音绕梁三千日，不见萧娘影再生。

犹记小楼风雨夜，相逢相别俱匆匆。

萧娘一番摧心语，始知人生大事情。

个中三昧迷人醉，是谓福至性且灵。

两手空

甲第连天烟雨中，章台杨柳一<u>丛丛</u>。

一入江湖风云动，到头终是两手空。

人人都有如意郎

　　此恨绵绵似水长，秋风萧瑟满地黄，孤身只影话凄凉。愿只愿，世上不见负心汉，人人都有如意郎。

好诗

好诗自当抒情理，恰似飞鸿踏雪泥。

雪净天空两无迹，此时无题胜有题。

莫轻狂

年少才疏莫轻狂，人生大事费思量。

既已为人求真义，致虚守静深又长。

多为人类谋福祉，莫为私利太惊慌。

大道通天任谁走，自是蹈厉好儿郎。

家教

老师教做事，家长教做人。

做事究原理，做人美善真。

育儿先育己，做人先深根。

根深枝叶茂，结果自沉沉。

长是儿因奥，儿是长奥因。

长幼相成就，携手看星辰。

咏怀袁崇焕将军

雪净花白人面红，盘马弯弓射大虫。

功高德重堪何用，千古悲情大英雄。

凤凰浴火锵锵鸣，敝而新成古今同。

洞鉴青史当了悟，与时俯仰真性灵。

孤独公子

冷风残月，深幕环垂，枯坐凄楼。孤俦寡匹泛龙愁。浮生若寄忽一世，汗血盐车志未酬。羞！羞！羞！

华不再扬，低回不已，岁月幽幽。任它匆匆向东流。被褐怀玉如止水，沂水弦歌淡淡游。收！收！收！

风月闲

菊花开又残，有人来又还。

两泪流不厌，一帘风月闲。

妙年

八月十五月正圆，一叶孤舟逆水寒。

举头冥冥云遮月，低头漠漠水如烟。

冥冥漠漠无穷已，自有良人立窗前。

纵使风云多变幻，相亲相爱即妙年。

咫尺天涯

一场催情雨，两地落魄花。

相期杳无迹，咫尺却天涯。

醉琼枝

逆水行舟事不期，逦风摇落百家稀。

溺心赚得林泉计，幕天席地醉琼枝。

人气

薄信友易尽，贪多情易绝。

欲求朋满座，先把道义学。

道深天地大，义长路不缺。

人事缘何立？人气成雄杰。

走起

秋风撩起满城黄，不堪淋雨助愁长。

悬悬而望传佳信，却是倥偬不回航。

夫妻本是同林鸟，何苦为钱睡两乡。

了却奴家相思意，一张机票奔情郎。

咏怀鲁迅兼感文人风骨

心忧苍生苦，为国忘此身。

一文惊天地，再文泣鬼神。

千古传文道，四海有金音。

学成当如是，常坐忠义门。

井陉之歌

大雪白山郭，文童对天歌。

人民三十万，亲恩汇成河。

小河出天关，泅润生玄德。

河水濯我心，一颗莲心献羲娥。

河水濯我志，矢志报效大中国。

人生如过隙，岁月似穿梭。

三余温书迫，天地共康和。

夕阳颂

人生不满百，莫言志已衰。

孔子作于易，太公出山来。

寂听[1]笔未辍，林奇[2]上舞台。

根深复柢固，理当惜大才。

1　寂听：濑户内寂听，日本女作家，比丘尼，99 岁时仍在写作。
2　林奇：Tao・Porchon-Lynch，法国瑜伽教练，93 岁时被吉尼斯官方授予"世界年龄最长的瑜伽教练"称号，96 岁时依然在《美国达人秀》的舞台上热舞。

梦回石棋峪

一道山梁一个坡，一座院落一口锅。

石榴树下吃海碗，南屋房上话嫦娥。

樊良湖秋月夜

樊良湖水慢悠悠，云淡风轻玉簟秋。

闲人卷帘赏明月，陈年老酒不上头。

紫竹小调声声漫，却是吴娥起邻舟。

人家哥妹情意重，这边游子已牵愁。

天机

欲深天机浅，德全福寿多。

利济芳名远，贪夺易早折。

秋雨落花

绵绵秋雨细如沙，寨寨窣窣落残花。

残花败柳萧萧下，末日将军满地爬。

苍苍凉凉君莫叹，自有春来万物发。

莫相问

莫相问，莫相问，一问长长恨，再问悲阵阵，三问泪流尽，四问绝阳信。

婚偈

心近并蒂花，心远即天涯。

但求情意重，莫求掌中沙。

副牌卜算子
念亲恩

　　明月登我门，望北念亲恩。哀哀长育抚畜里，历历有余温。

　　慈亲多辛苦，岁月不饶人。此时有子当何如？竟戚戚不堪问。

劝商

纵有豪金使不得，阴府谁人唱赞歌。

追名逐利须有度，普济群生共康和。

剑客

剑人合一功夫深，除暴安良性情真。

从来危困伸援手，每遇豪贼血纷纷。

行侠本是分内事，仗义二字抵万金。

恍恍惚惚人不识，自言曾入橐籥门。

格物

竹有竹之理，花有花之门。

彼此相生克，万物共成春。

最美浮云意，天道深又深。

今夜且寻欢，千里共良辰。

游子吟

宝月出阴山，孤光映雪寒。

游子频繁顾，丹心四海悬。

与风歌一曲，疾风不得闲。

回身开尺素，戚戚已忘言。

惊蛰

忽如一夜转星霜，六地玄冥化阴阳。

但得深堂春气壮，始知蛰户本雄强。

登苍岩山天桥

一入山门碧帘招，百千瑶阶峻迢迢。

仙人携我姗姗起，踏过天廷第一桥。

逍遥

苍天当被地当床，雨雪为酒草为粮。

酒不醉人人自醉，昧癫昧癫喜欲狂。

冷纷纷

白月冷纷纷，一江春水深。

刁风吹两岸，不见解空人。

春颂

灵风不语楚楚来，一城春气漫漫开。

莺飞燕舞相继好，杏雨梨云分外白。

举头满天欢喜色，俯首一地称意才。

天德玄玄佑钜子，万古长存铜雀台。

中国尊

一柱危危擎天地，云窗雾阁仙人居。

夜半尝闻金娥语，举手摘星不足奇。

萃才栖遑拼上下，栋德倥偬战东西。

但消锲守凌云志，冥冥漠漠尽天机。

收梨

月华烁烁正当时，山前小院满树梨。

阿爸阿妈树下坐，阿哥阿姐树上骑。

历历琰琬如星落，颗颗或且换新衣。

偃鼠饮河闲闲止，平淡相守度成诗。

小虫

时下常闻鬼唱歌，肉腐虫生谁奈何。

华佗不救妖邪命，菩萨只怜淳素哥。

三涂六恶宜少犯，四书五经要多说。

但行千秋仁义事，莫教浮生太缺德。

小薇

白雨垂城乱霏霏，五云楼前遇小薇。

可怜一身凄凉水，踽踽复行无人随。

烟波毕竟遮不住，顾盼之间生光辉。

试问小薇来此意，说服客户上传媒。

客户俗态狂且冷，捏怪排科三五规。

小薇窘然何所计，未达使命不肯回。

闻悉蓦然生哀敬，暗祈昂首又伸眉。

唯愿苍生共安顺，只有欢喜没有悲。

降躁

梦狂随雨到天边，幽幽真洞刹那间。

三阳九会观真象，太上冥心见玄元。

勒马临崖翻做梦，棒喝当头事从然。

矢志坚心求大道，致虚守静第一关。

邪风遏

莫与狡人多言语，屏绝黠客又何妨。

愚夫无辨真颜色，恶少久惯着粗装。

度日常思老庄好，为人每念孔孟光。

但使瑶心儿女在，不教邪风太猖狂。

慰李白

永结慧业心，诗酒敬仙人。

但偕天地老，莫管乱世音。

一声叹息

手把瑶琴唱楚音，乱风吹散霸王心。

破产先生难自救，空留叹息绕碑林。

大企业

雷多事难进，风噪响易沉。

员工是根本，领导非帝君。

从来善胜者，和光又同尘。

道真金不换，德重命运深。

小日子

送你一朵牵牛花，收工之后早回家。

明天带我赶集去，给娃买个大西瓜。

传承

腹中生锦绣，笔下有玄机。

开口吐日月，展卷话东西。

先行老庄道，再穿孔孟衣。

静磨阳明理，禅修六祖诗。

默默承天脉，说与后人知。

国学铸根本，三宗造生基。

惜春

人老独恋春，不堪白头吟。

四季春最短，来日不如今。

从来善生者，惜春胜惜金。

勤修当下事，莫睬无心云。

出新

山穷水病秋风老，落木萧萧惊玄鸟。

苍音阵阵旋复旋，散入烟波空了了。

无题

我空天地空，莲心挂青灯。

我动风云动，世路见枯荣。

伤别

十里飞花褪春色，一江逆水辞旧人。

勤心得见新天地，乱入风尘不知深。

姑娘

夜游合生汇，骚然见姑娘。

未有倾城色，温眸亮汪汪。

挽挈小男友，双双着倩装。

悠哉弄风月，莲步缓缓张。

本来多感慕，忽闻纵口脏。

骇耳复惊目，戚戚满心凉。

幽途堪似梦，无奈费思量。

煌煌仁善地，何以盖错房？

春光好

　　春光好，山水碧连天。万物轮回终又始，人生变易退还前。谁不爱春天！

你说

佳人说执子之手，

你说你有一条狗。

老人说出去走走，

你说灰色在发抖。

天黑了，你笑了。

你说你病得太久。

你说这棵树好丑。

你说你人涉卬否。

你说正坠入不朽。

第一场雪

一夜秋冬改，今朝见雪花。

院里寒光迫，当庭上好茶。

闻香识天色，谡尔话桑麻。

虔心敬天地，万物焕生发。

执迷

燕赵有残红，飘落桂堂东。

血精流作梦，魂灵化成龙。

赫曦多骚闹，幽冥何空空。

上下常远道，旦夕绝此宗。

江词

素月出东关，荡荡空景闲。

江风吹酒醒，袅袅影如烟。

流年掷人去，明心向古原。

且使得重命，竭绝不轻年。

诗囚

诗坛高百尺，光辉四海流。

上可承日月，下可宿民愁。

纵横千古事，毁誉中外忧。

天地何其广，偏苦做诗囚。

一困格律隙，复困辞藻幽。

痴梦多慢醒，顽迷死不休。

真经难入眼，妄作逍遥游。

谁惮刁风戾，留待悍人收。

稳

大风卷狂沙，汹汹断日华。

稳坐中军帐，一杯养心茶。

道德

宇宙深又深，枝说乱纷纷。

百喙皆不信，独守道德门。

道为天地始，德是万物尊。

大道生万有，玄德畜子真。

知子复守母，阴阳不可分。

阴阳相冲和，万物长欣欣。

借问道者谁，宇宙身外身。

德是道之用，道是德之君。

道德本一体，绵绵用不勤。

此理出老聃，自古最深沉。

欲穷道德经，须听弦外音。

静以观复反，常抱柔弱魂。

治虚见其妙，了悟第一因。

失信者恶

惯于失信却伪真，甘言以啖算人心。

谁家豪门成竖子，谁家煌业败龟孙。

古往今来成大事，励志竭精学做人。

君子爱财终有道，毕生执守道德门。

京城晴日

都门九街翠滴滴，柳宠花娇云依依。

飞楼夹道通瑞气，秀子垂帘化传奇。

妙足登科行大义，回眸一笑焕生机。

最是青春好光景，往古来今两相痴。

咏怀杜甫

少陵风骨闪金光，可怜途世尽沧桑。

但得一支落魄笔，写人写事写贞良。

常叹运稀难入仕，不知偏宜做文章。

忾惜失交周樟寿，方寸之间济天邦。

强行

世人爱自由，终竟得空愁。

郁郁不得势，昏忘人意休。

良士有宗向，强把散气收。

排纷复解垢，志事摆当头。

咏怀宋仁宗

千年盛誉凭仁瑞，万里江山峻笔安。

一参四谏图大业，庆嘉之治宋丹丹。

忠恕诚悫繁受益，四民五公皆自然。

孤标旷世谁堪敌，文景酿化可比肩。

素心相与

凌霜傲雪莫生愁，望断天涯几多秋。

生关难闯偏要闯，死地易求不趋求。

亘古亘今多少事，朝来暮去缪悠悠。

了却红尘千千结，素心相与骑青牛。

行朝

一路行朝一路痴，秦山楚水总相知。

停身驻形和俪曲，我与天地两相怡。

生子如是

习得济世文，灼灼映千春。

生子当如是，固柢复深根。

暮雪

暮雪惊山鸟，白花丽放人。

三杯温肝胆，五弦复成春。

曼舞谪仙手，轻启丹凤唇。

且共千千阙，聊慰赤精魂。

饮者

平生不爱杯中物，豪兴悲歌少适从。

暂凭醨酒酬日月，且伴流客共倾情。

散入尧心三冬暖，迷沉断肠六月冰。

唯愿此番多恣意，斗罢迤遭驭青青。

燃烧

一流风焰燃欲灭，一室浮烟暖又寒。

一片噪音谁撕裂，一束青光愁攀缘。

雷雨大作

风沉雨重白胜黑，巨闪惊雷天地危。

可怜众生无权计，惊似逃兔不知归。

早春

梅花一笑淡淡香，嫩水微澜楚楚凉。

陌上闲云晴媚好，试问阿珍忙不忙。

因果昭然

君子忧道不忧贫，小人忧贫不忧道。

忧道常思群生苦，忧贫每念横财药。

小人不识君子志，君子却遭小人笑。

莫忘因果自昭然，一样人生两样报。

三期

心怀大梦出门去，注典穷经破天机。

浩渺苍穹从何始，万物湮灭谁人知。

众生奔苦之所以，人人为己得又失。

曾梦九泉拜老子，复梦西天问苏师。

通幽洞冥起灵悟，人共苍穹有三期。

一期究竟生和死，二期天人合而一。

三期苍穹为我用，至此人成万方奇。

历历高芬皆向是，非此种种俱成迷。

书者

七分墨魂出世，一片雪花入茶。

淡泊三山五岳，闻香十里桃花。

伤冬

我与冬天有个约，鸿风鹤雪莫伤缺。

冬天本有冬天样，厚服厚帽厚棉靴。

曾几冬日如春暖，不堪凛冽太决绝。

但求协定行大效，毋容三九见彩蝶。

孤云野鹤

一片孤云随野鹤，十方妙气如风来。

山驴柳径姗姗度，好酒好肉依次排。

赋得诗声三两句，始觉脸已七分白。

哂然高卧虚闲地，与天说说小情怀。

肥遁

上台容易下台难，此情此理非简全。

从来上士知肥遁，万里鹏征适景还。

麻雀

小小麻雀跳得欢，盈头微点姿态闲。

五冬六夏都勤快，精食恶饮一样甜。

从来忠节居旧地，宁死不弃自由天。

我选麻雀当国鸟，只因浑朴情志坚。

病酒

每逢酬交多病酒，惯使饮者难为情。

奈何酒饮十分醉，凄凄情似一层冰。

人情不值三杯酒，利益当头下诡功。

孔孟之礼今何在，道德碑前正心行。

春秋

春去花飞尽，秋来草木阴。

势况抛老客，流年掷旧人。

荣枯有天道，众生皆浮尘。

但使真情在，繁华深处寻。

担道义

平生只行三步远，网上舌绽百丈光。

井蛙聒噪不知浅，师公吹牛臭茫茫。

打铁还须筋骨硬，真经在腹自流芳。

做人且当担道义，莫为钱财丧天良。

诗论

诗作本为情律事，格律情志两相呼。

毋为情志伤格律，毋为格律做诗奴。

裕之不要鬼画符，儿曹画符倍倍殊。

真经不入今人眼，今人买椟复还珠。

常忆贾生推敲苦，莫忘台阁有余毒。

东坡学古不泥古，七子复古晕乎乎。

古体近体复中体，情律二字一笔书。

不夷不惠致中和，正源端本自如如。

解空

鲜风清江满，薄烟乳山奇。

复拜寒山寺，杏花三两枝。

启首寒拾殿，得幸解空师。

红尘虽不语，贵贱总相知。

但行慈恩事，莫愁岁已稀。

洪饮八定水，化生宝莲池。

回乡逢雪

料峭山河雪纷纷，村里村外尽白人。

冷热流变时时有，尘世难逢几回春。

在一起

逝水汤汤无止留，一世情缘两世愁。

若隐若现徒腌苦，若即若离几度秋。

比翼双飞当戒励，鸳鸯戏水不须羞。

浊世难逢千金意，香心一瓣复何求。

病中愁唱

云暗三春绿，风吹一浪愁。

往日不得见，来生閟幽幽。

大邪谁人治，雾霾何以休。

但得清柔气，诗酒配金钩。

听潮声

蛰陷红尘大道中，七分风雨三分晴。

翻身不解凄惶意，覆手难为警世钟。

有心栽得碧瑶树，无奈赚杀烟霓灯。

历尽千帆皆不是，卧云阁里听潮声。

闲淡人

山水迷吴越，纷纭厌五津。

泛舟寻蠡子，踏花赏琼音。

三观近空慧，六根远风尘。

当真风流事，赝古闲淡人。

鱼生有你

凤尾阑夕断愁肠，今生有子不思量。

三冬二夏各分散，四海八江俱苍茫。

水深水浅当自便，浪大浪小要坚强。

无计可奈须放手，玉汝于成最舒长。

副牌踏莎行
夜长如梦

　　夜长如梦，念念萦回。不堪同春两地飞。可怜天工成章绣，鸳鸯被里共芳菲。

　　山高水阔，妙境清微。痴男痴女筑心碑。但得知赏梨花月，割发倾首共白眉。